W9-ACM-453

L'ÉTOURDISSEMENT

JOËL EGLOFF

L'ÉTOURDISSEMENT

roman

BUCHET • CHASTEL

7, rue des Canettes, 75006 Paris
ISBN 2-283-02020-4

Quand le vent vient de l'ouest, ça sent plutôt l'œuf pourri. Quand c'est de l'est qu'il souffle, il y a comme une odeur de soufre qui nous prend à la gorge. Quand il vient du nord, ce sont des fumées noires qui nous arrivent droit dessus. Et quand c'est le vent du sud qui se lève, qu'on n'a pas souvent, heureusement, ça sent vraiment la merde, y a pas d'autre mot.

Nous, au milieu de tout ça, ça fait bien longtemps qu'on n'y fait plus attention. C'est qu'une question d'habitude finalement. On se fait à tout.

Pour le climat, non plus, on n'est pas vernis. Aussi loin que je me souvienne, il a toujours fait aussi chaud par ici, il a toujours fait aussi sombre. J'ai beau chercher dans ma mémoire, j'ai beau me creuser la cervelle, j'ai pas le souvenir d'un peu de fraîcheur. J'ai pas le souvenir d'une éclaircie, non plus, pas le souvenir d'une trouée dans cette chape grise qui nous tombe même dessus certains jours et nous laisse dans le brouillard du matin au soir et plusieurs jours d'affilée parfois, et des semaines entières si le vent ne se lève pas.

Forcément, c'est pas sain comme environnement. Les enfants sont pâlots, les vieillards sont pas bien vieux. On fait d'ailleurs pas toujours la différence entre les deux. Moi, en tout cas, je finirai pas ma vie ici, c'est sûr. Un jour, j'irai voir ailleurs, même si on dit que c'est partout pareil, même si on dit qu'il y a des endroits où c'est encore pire. J'ai beau faire des efforts d'imagination, j'ai du mal à y croire, à ça.

Pour découvrir le paysage, pour mieux se rendre compte, le plus simple, c'est encore d'aller faire un tour au syndicat d'initiative. Là-bas, quand c'est ouvert, le premier samedi du mois, de dix heures à midi, on peut trouver un petit plan mal photocopié, un itinéraire pédestre qu'ils donnent pour rien en faisant la gueule. En deux petites heures, si on est bon marcheur, il y a une balade à faire qui part de derrière le parking du supermarché et descend à travers les friches jusqu'aux voies ferrées. C'est assez sauvage par là-bas, y a des haies tout le long, des fleurs jaunes et des chardons qui poussent à travers le ballast. Il faut longer les voies un bon moment. Avec un peu de chance, on peut voir passer un train de marchandises. Après deux ou trois ponts, on prend un chemin sur le côté qu'on emprunte jusqu'à la décharge. Là-bas, ça vaut le détour, c'est le grand restaurant des mouettes et des goélands qui viennent de loin pour goûter à la cuisine locale. Et puis on poursuit par une petite route qui mène à la station d'épuration. C'est à voir aussi, au moins une fois dans sa vie, c'est assez impressionnant, ce grand bouillon. De là, on s'engage sur un sentier qui part à travers les ronces et les orties. Tout est balisé, on peut pas se tromper. On traverse des taillis au sol jonché de vieux bidons, de tessons de bouteilles et de détritus divers. C'est là-bas, d'ailleurs, que j'ai trouvé récemment un pot d'échappement en parfait état et un bidet à peine écaillé. Le chemin continue, ça grimpe un peu sur la fin, et on arrive au sommet d'une petite butte qui surplombe les alentours. On peut pique-niquer là, si on veut, profiter du panorama, des cheminées qui fument, des enfilades de pylônes jusqu'à l'horizon et des avions qui décollent des pistes tout près d'ici.

Pour le retour, il y a deux possibilités : soit rentrer en flânant par le même chemin, ou alors, pour les plus courageux, poursuivre encore et faire une boucle qui nous ramène au point de départ en passant du côté du grand poste de transformation.

Voilà, c'est une petite balade qui permet de se faire une idée. Et pourtant, je crois pas qu'il ait beaucoup servi l'itinéraire du syndicat d'initiative. Des touristes, on n'en voit jamais par ici, et les gens du coin en ont pas besoin. C'est leur promenade du dimanche, ils la connaissent par cœur.

Le jour où je m'en irai, ça me fera quand même quelque chose, je le sais bien. J'aurai les yeux mouillés, c'est sûr. Après tout, c'est ici que j'ai mes racines. J'ai pompé tous les métaux lourds, j'ai du mercure plein les veines, du plomb dans la cervelle. Je brille dans le noir, je pisse bleu, j'ai les poumons remplis comme des sacs d'aspirateur, et pourtant, je le sais bien que le jour où je m'en irai, je verserai une larme, c'est certain. C'est normal, c'est ici que je suis né et que j'ai grandi. Je me revois encore, tout gosse, sauter à pieds joints dans les flaques d'huile, me rouler dans les déchets hospitaliers. Je l'entends encore, la grand-mère, me hurler de faire attention à mes affaires. Et les tartines au cambouis qu'elle me préparait pour le goûter… Et la confiture de chambre à air qui était un peu comme de l'orange amère, en plus amer…

J'ai joué là au bord des voies ferrées, j'ai grimpé aux pylônes, je me suis baigné dans les bassins de décantation. Et, plus tard, j'ai connu l'amour à la casse, sur les sièges éventrés des épaves. J'ai des souvenirs qui ressemblent à des oiseaux mazoutés, mais ce sont des souvenirs quand même. On s'attache, même aux pires endroits, c'est comme ça. Comme le graillon au fond des poêles.

L'abattoir, en tout cas, je le regretterai pas, c'est sûr. C'est là-bas que je gagne ma vie, comme tout le monde, ou presque tout le monde par ici. Les autres, c'est des planqués, je préfère même pas en parler. Moi j'ai jamais rien connu d'autre. Ça fait tellement longtemps que ça saigne, j'en ai des vertiges de cette longue hémorragie.

Et, depuis le premier jour, la grand-mère se lève en même temps que moi, à l'aube, pour me faire mon café. J'ai beau lui répéter que c'est pas la peine, que j'y arriverai bien tout seul, elle se lève quand même. Et puis elle s'assoit à table en face de moi, et pendant que je trempe mes tartines, elle finit les restes du chat qui a pas voulu finir les nôtres. C'est une habitude qu'elle a, elle peut pas gâcher, c'est à cause de toutes les guerres qu'elle a traversées.

Et comme tous les matins, ensuite, j'ai droit au même refrain : « Si au moins t'avais fait des études, un peu, t'aurais peut-être une bonne place à la déchetterie, aujourd'hui. T'aurais pu mettre un peu d'argent de côté et on aurait peut-être une maison au lotissement avec un petit bout de jardin, on pourrait planter des thuyas et faire griller des saucisses, on pourrait étendre le linge, on serait pas obligés de le mettre mouillé, on s'enrhumerait pas tout le temps, on n'aurait pas tant de champignons au fond des plis. » Moi je lui réponds que le linge qu'elle étendrait là-bas, il sentirait tellement mauvais, à cause des fumées des usines qui sont juste à côté, que je préfère encore le porter mouillé. Et puis je me lève et je lui dis : « Si c'est pour me faire ce genre de réflexions que tu descends, mémère, vaut mieux que tu restes couchée. Et t'as beau dire, tu craches pas dessus, non plus, quand je te ramène des tripes à l'œil, tous les deux jours ! » Et puis je m'en vais en claquant la porte. Mais je lui en veux pas, je sais bien que c'est pas de sa faute, c'est à cause des lignes à haute tension qui passent tellement bas au-dessus de la maison, ça grésille jour et nuit, on dort pas bien, on se réveille les cheveux dressés sur la tête avec, dedans, de petites étincelles bleues qui crépitent, pas moyen de les peigner, et avec ça, un mal de crâne à en pleurer. C'est ce qui nous rend un peu nerveux, parfois, c'est normal. C'est pour ça que je lui en veux pas.

Sur mon vélo, j'ai pas besoin d'ouvrir les yeux, je peux finir ma nuit. Il connaît le chemin par cœur, comme un vieux cheval. C'est pas très loin jusque là-bas, c'est tout plat. Je donne un coup de pédale de temps en temps quand je sens que je perds l'équilibre. J'essaye encore de faire un dernier rêve en chemin. Je rêve que j'y vais pas, que j'ai plus besoin d'y aller. Je rêve que j'en reviens déjà, ou alors que j'arrive là-bas et que tout a brûlé, ça fume encore. On peut toujours rêver.

Quand la sonnette s'affole, que ça commence à secouer, à vibrer de partout, je sais que j'y suis presque. C'est le dernier kilomètre, faut s'accrocher au guidon, la route est dans un sale état. C'est à ce moment-là, souvent, que je me réveille. Mais pas toujours. Parfois je tiens encore un peu. Sur les côtés, j'entends les voix de ceux qui arrivent à pied et que je dépasse. Je sens le souffle des bétaillères qui me frôlent et je croise celles qui repartent déjà.

C'est quand j'arrive sur le parking, enfin, que j'ouvre les yeux. Mais pas toujours. Parfois, je peux les garder fermés jusqu'aux vestiaires. Si personne ne me parle, je peux tenir encore un peu, malgré les rires, les éclats de voix et les portes des armoires qui claquent. Mais ce que je voudrais, moi, c'est faire toute ma journée en dormant. Et ça, j'ai beau essayer, j'y arrive pas.

La routine, ici, c'est les cris qu'on noie dans les rivières de sang, les secousses et les tremblements, les yeux révulsés, les langues qui pendent, les avalanches de boyaux, les têtes qui roulent, les vaches qu'on épluche comme des bananes, les cochons livides, plus que la moitié d'eux-mêmes dans le sens de la longueur, et tous ces bestiaux accrochés par les pattes, qui défilent et qui rétrécissent, et nous, du sang plein la figure, de la sueur plein les bottes, on s'active, on s'agite, on crie, parfois plus fort que les bêtes encore, on s'engueule ou on fait semblant, on chante à tue-tête des airs d'opéra pour les carcasses, des chansons paillardes pour les cochons, pas le temps de souffler, faut tenir la cadence, le nez dans les viscères et les glandes, les mains qui farfouillent et les lames qui tranchent.

De ce que je fais, moi, dans ce cauchemar, exactement, à longueur de journée, je voudrais pas en parler. Je voudrais pas être jugé là-dessus. Et puis, à vrai dire, je sais même plus au juste. Ça fait tellement longtemps que je fais ça les yeux fermés.

Quoi qu'il en soit, moi qui n'ai jamais pu faire de mal à une mouche, moi qui les ai toujours raccompagnées bien gentiment jusqu'à la fenêtre sans jamais en écraser une seule, on peut pas dire que c'est vraiment le boulot dont je rêvais. Mais on n'a pas toujours le choix. D'une manière ou d'une autre, faut bien gagner son bifteck.

On n'est pas tous malheureux non plus, ici, faut bien dire ce qui est. On n'a pas tous échoué là par hasard. J'ai des collègues qui ont toujours rêvé de travailler avec des animaux, qui ont ça dans le sang, c'est une vocation. Des gars qui arrachaient les pattes aux sauterelles avant même de savoir marcher et qui, hauts comme trois pommes, flinguaient déjà les moineaux sans sommation. Leur passion à eux, adolescents, c'était pas la branlette, ils préféraient de loin égorger les chats. Aujourd'hui, ils sont pleinement épanouis et, pour tout l'or du monde, ils changeraient pas de métier.

J'en connais d'autres qui étaient vraiment pas faits pour ça, ça crevait les yeux. Je me souviens de leurs débuts lorsqu'ils arrivaient à reculons, tristes comme des pierres. Ils me faisaient pitié autant que les bœufs. Et pourtant, même eux, ils ont bien fini par s'adapter. Aujourd'hui, ils sont tous les jours en avance avec les yeux qui pétillent, ils chahutent dans les vestiaires, et les quelques fois où on les voit encore la mort dans l'âme, c'est à la veille de leurs vacances. Des types qui avaient le plus grand mal à s'y faire et qu'on surprenait souvent, les premiers temps, à pleurer en douce, à vomir dans les coins, ce sont eux qui jubilent à l'ouvrage, maintenant, et qui feraient bien les trois-huit dans la journée si c'était possible, et même du bénévolat, en plus, pourquoi pas ? L'abattoir, ça vous change un homme.

On n'est pas bien nombreux, malgré tout, à prendre du plaisir à la tâche. La plupart d'entre nous, dès la première minute de la journée, on attend la pause comme un cessez-le-feu. Et puis on attend la fin du poste, et la fin de la semaine avec autant d'impatience que des marins attendent la côte.

C'est comme ça, à petits pas, par petites étapes, qu'on passe une éternité ici en ayant juste l'impression d'avoir commencé la veille.

Mais je ferai pas ça toute ma vie non plus – je l'ai déjà dit – même si elle est déjà bien entamée.

Dans la salle de pause, y a des cochonnes qui nous attendent sur des posters et sur un grand calendrier, à côté de la machine à café. Ça nous fait toujours chaud au cœur, les retrouvailles. Le rose, ça change un peu de l'écarlate.

Il faut voir dans quel état ça les met de nous revoir, elles s'en mordillent les doigts et les lèvres d'impatience, c'en est presque gênant. Et puis on a bien de la chance, parce qu'elles sont pas seulement très belles, en plus elles ont de la conversation. On s'en rend bien compte quand on leur parle un peu, le temps d'un café.

Celle qui nous plaît le plus, à tous, c'est la grande brune du calendrier, une fille du Sud, qui se lasse pas de nous montrer ses fesses avec un regard qui en dit long. On s'est juré que, pour ses yeux, on tournerait plus jamais la page, on changerait plus jamais d'année. Ça va faire plus de six mois, maintenant, qu'on est en mai.

Les filles de la salle de pause, c'est notre rendez-vous secret. Ça rend la journée presque supportable. Et certains jours, c'est la seule motivation qu'on trouve encore pour se lever le matin et se traîner jusqu'ici plutôt que de se jeter tout droit sous une bétaillère.

Le problème de cet endroit, c'est cette grande vitre qui donne sur tout l'abattoir. On n'échappe pas au carnage, au grand défilé des carcasses. C'est pour ça qu'avec Bortch, pendant la pause, le plus souvent possible, on aime autant changer d'air. On prend la sortie de secours pour aller respirer un peu. Dehors, on fait quelques pas sur le parking, on parle de choses et d'autres, on regarde les avions qui s'arrachent de la piste nord, tout près d'ici, et qui passent tellement bas au-dessus de nos têtes qu'il nous suffirait presque de tendre le bras pour allumer nos cigarettes au cul des réacteurs. On fait souvent le geste pour se marrer.

Et puis on retourne au boulot en soupirant, avec les oreilles qui sifflent, un peu plus sourds encore qu'avant la pause.

S'il était pas là, Bortch, si j'avais pas quelqu'un avec qui parler un peu, ici, peut-être bien que je serais devenu dingue depuis longtemps. C'est ce que je me dis souvent. J'aurais fait des demandes en mariage aux filles des posters, je serais tombé amoureux d'une génisse, on aurait plein de petits veaux – tout le portrait de leur père –, je couinerais comme un porc à longueur de journée, j'aurais saigné un collègue pour voir comment ça fait, ou que sais-je encore ? On peut pas savoir mais, quoi qu'il en soit, j'aurais pas été le premier à basculer, et ce serait pas surprenant du tout, vu ce qu'il faut supporter au quotidien.

Y a qu'à voir dans quel état on est la plupart du temps à la fin de la journée. Il y a des fois, en rentrant chez nous, on sait plus où on habite, et c'est pas une image. On croit se souvenir, mais on a tort, c'est pas par là, et pourtant on insiste, on pense reconnaître, on tourne en rond, et puis on abandonne. Alors on s'assoit par terre ou on s'allonge dans le fossé, et on attend que les vertiges se calment et que la mémoire nous revienne.

Sur le chemin de l'abattoir, on tombe souvent sur des types endormis sur le bas-côté. Des types qui savaient plus où aller et qui ont pas eu la force de continuer. On dirait des ivrognes de retour d'un bal.

Avec Bortch, quand on finit à la même heure, on fait souvent un bout de chemin ensemble en rentrant chez nous. Pendant que je zigzague à vélo en travers de la route, il marche tantôt devant moi, tantôt derrière.

On se fait pas la gueule, mais on se parle à peine, parce qu'on est tendus et mal à l'aise à cause des abats qu'on a carottés, ni vu ni connu, et qu'on s'est fourrés dans le slip. Ça fait des drôles de bruits, des gargouillis, comme si on marchait sur de la terre mouillée. Y a du jus tiède qui nous dégouline le long des cuisses, mais on fait comme si de rien n'était.

On est silencieux parce qu'on n'est pas rassurés, non plus, à cause des meutes de chiens errants qui traînent un peu partout dans le coin et qui nous reniflent de loin.

Quand ils nous ont dans le nez et qu'ils nous tombent dessus, Bortch a beau courir et moi j'ai beau pédaler, il vaut mieux se délester de nos abats et alors on peut espérer s'en tirer avec quelques morsures aux mollets. Jusque-là on s'en est toujours pas trop mal sortis, mais un jour, sans doute, on retrouvera nos deux carcasses et mon vélo dans un fossé.

Si, malgré l'épuisement et la peur, on a l'esprit suffisamment clair pour se souvenir de son chemin, si, par chance, on échappe aux chiens, même tout près du but, on n'est pas forcément au bout de ses peines.

C'est souvent quand je rentre seul ou après qu'on s'est séparés avec Bortch que je tombe sur une bande de gamins qui m'attend pour me jeter des pierres et m'insulter parce que je travaille à l'abattoir, que je tue des animaux et que je suis qu'un salaud. Au début, ça me faisait de la peine, mais, maintenant, je laisse causer. Les mots, ça me touche plus. Y a que les pierres contre ma tête qui me font mal. Alors je me mets le nez dans le guidon et je fonce jusqu'à chez moi sans me retourner.

En arrivant, malgré mes pinces à vélo, j'ai souvent les tripes ou les rognons qui me sortent au bas du pantalon. Je m'arrange un peu avant d'entrer pour éviter les réflexions, et puis je pousse la porte.

Dans la cuisine, y a la grand-mère qui m'attend, l'air de dire que j'ai encore traîné en route. Je préfère me taire. Je me contiens. Je plonge ma main dans mon pantalon et je flanque la marchandise sur la toile cirée. « Tiens, c'est du ris de veau, je lui fais pour lui clouer le bec. Il est tout chaud. » Et parfois elle trouve encore le moyen d'être difficile, de me dire qu'il est pas beau, qu'il sent bizarre, qu'on en a déjà mangé la veille ou qu'elle préfère encore le mou.

– Tu pourrais pas ramener des côtelettes, un soir ? elle me demande. Ça changerait un peu.

– Mais bien sûr, je lui réponds. Tu les préfères dans le filet ou dans l'échine ?

Elle me regarde sans trop savoir si c'est du lard ou du cochon. J'en rajoute une couche :

– Tu voudrais pas du rosbif, plutôt, ou une belle tranche de foie de veau, tiens ? C'est une idée, ça aussi, du foie de veau… Surtout, faut pas hésiter, y a qu'à demander.

Et forcément, le ton monte et on s'emporte. Alors quand la soirée commence comme ça, je préfère disparaître. Je dis pas bonne nuit et je vais me coucher sans dîner.

Mais les nuits ne sont pas de tout repos non plus. Y a le grésillement des lignes à haute tension – c'est une chose –, mais, surtout, y a les avions qui passent juste au-dessus de chez nous.

C'est pas tant le grondement des réacteurs qui nous dérange – on est à moitié sourds, alors c'est supportable. C'est pas non plus les vibrations, les murs qui tremblent, c'est plutôt les morceaux qu'ils perdent en vol qui nous inquiètent. On n'est pas dans l'avion, d'accord, mais on est quand même en dessous. Souvent, c'est pas grand-chose, un petit écrou, une vis, un boulon, du superflu, mais, l'autre fois, c'est une sorte de trappe tout entière qui est tombée du ciel en traversant la toiture et le plafond de ma chambre dans un fracas terrible.

Depuis on dort avec des casques de chantier, c'est pas commode, mais, de mon lit, je peux regarder le ciel tous les soirs en m'endormant. Je vois jamais d'étoiles, ni même la lune, juste les petites lumières rouges et blanches des avions qui clignotent et que je regarde souvent durant des heures entières.

Je suis pas pressé de m'endormir parce que je sais que, dans mon sommeil, y a des bestiaux sans tête qui rappliquent par troupeaux entiers pour me demander des comptes. Et moi, j'ai beau essayer de leur expliquer que j'y suis pour rien, qu'on fait pas toujours ce qu'on veut dans la vie, que j'ai pas choisi, c'est peine perdue, je vois bien qu'ils m'en veulent.

Et la nuit finit par rendre l'âme. Et à peine tiré des mauvais rêves, il faut déjà songer à y retourner.

Le matin ne ressemble pas à l'idée qu'on se fait du matin. Si on n'a pas l'habitude, on ne le remarque même pas. La différence avec la nuit est subtile, il faut avoir l'œil. C'est juste un ton plus clair. Même les vieux coqs font plus la distinction.

Certains jours, l'éclairage public ne s'éteint pas. Le soleil s'est levé, pourtant, forcément, il est là, quelque part au-dessus de l'horizon, derrière les brumes, les fumées, les nuages lourds et les poussières en suspension.

Il faut imaginer un sale temps par une nuit polaire. C'est à ça qu'elles ressemblent nos belles journées.

– Ça sent bizarre, non ? fait Bortch en reniflant l'air comme un animal inquiet.

Je hausse les épaules. Il insiste :

– Tu trouves pas ?

– C'est mardi, je lui dis, ça sent le pourri.

– Non non, c'est pas ça… Ça sent pas comme d'habitude.

Il plonge son index dans sa bouche avant de le pointer en l'air pour voir d'où vient le vent. J'en fais autant.

– C'est le vent du sud, je lui fais, c'est la décharge, c'est bien ce que je te dis.

– Mais non, c'est autre chose, je t'assure…

– Le caoutchouc brûlé, alors ?

– Pas du tout…

J'inspire profondément plusieurs fois de suite,

jusqu'à ce que moi aussi, finalement, je croie remarquer l'odeur dont il me parle.

– Je vois ce que tu veux dire, je lui fais. Ça sent un peu l'ammoniac. C'est sans doute le vent qui nous ramène les fumées des usines chimiques.

– Mais non, t'y es pas. Ça sent... comment dire ?... ça sent un peu la terre humide, tu vois ?... La terre humide au printemps. C'est ça, c'est exactement ça.

Je prends un air sceptique, un rien moqueur. Je me dis que c'est dans sa tête, et que s'il avait pas su que le printemps approchait, ça lui serait jamais venu à l'esprit, vu que rien ne l'indique en dehors du calendrier. Pas le moindre indice. Pas un bourgeon sous la poussière, pas le sifflement d'un merle, ni même, en ce qui me concerne, le début d'une petite érection qui s'annonce.

On est surpris par le décollage d'un avion. On y est habitués, mais là, c'est insoutenable, ça nous déchire les tympans. On se plaque les mains sur les oreilles. On s'agenouille, même, en attendant que l'ombre immense passe sur nous, sur le parking et sur l'abattoir, comme si on redoutait l'attaque d'un grand oiseau de proie.

Et puis on se relève lentement pour le suivre des yeux. Le plafond est bas, comme toujours, et très vite, il disparaît dans les nuages. On se regarde, ahuris.

– Il est pas passé loin, celui-ci, je lui dis.

Et puis on sent comme une petite bruine, en même temps qu'une odeur si forte qu'on peut pas s'empêcher de se mettre à tousser tous les deux. On suffoque.

– Qu'est-ce que c'est que ça ? fait Bortch en grimaçant.

– Ça, mon vieux, c'est du kérosène, je lui réponds, y a pas de doute. Mais par contre, vraiment, je t'assure, c'est pas de la mauvaise foi, mais je la sens pas, moi, ton odeur de pâquerette. Et pourtant j'aimerais bien, crois-moi.

– C'était pourtant ça, tu sais, j'en suis certain. La terre humide au printemps. Tôt le matin.

– Tu te fais des idées.

Lorsque le brouillard nous tombe dessus, on y voit à peu près aussi bien que sous une avalanche. C'est d'ailleurs un miracle qu'on puisse encore remuer le petit doigt, là-dedans, ou même simplement respirer.

À quoi ça tient, on n'en sait rien. C'est imprévisible. Mais ça va durer, ça on le sait. Au mieux, on en a pour la journée, au pire, on y verra plus clair le mois prochain. C'est pas des brumes matinales qui se dissipent sans faire d'histoires, c'est tout d'un bloc, faudrait y aller à la dynamite pour dégager tout ça. Ou alors au moins creuser des galeries et des tunnels dedans, et ensuite bien étayer le tout pour éviter les effondrements.

C'est un jour comme ça, aujourd'hui. Je vois même pas mes mains posées sur le guidon, je sais même pas si elles y sont. L'air est tellement épais que j'ai l'impression de gravir un col, face au vent. Rouler moins vite que ça, je peux pas, je suis à la limite du décrochage.

Pour m'orienter, j'y vais à l'instinct, j'écoute les bruits, je me repère aux odeurs, aux lueurs changeantes sur les côtés. À ce rythme-là, c'est sûr, je serai en retard mais, peu importe, je préfère rester prudent.

Quand j'entends un bruit de moteur, que des halos de phares grandissent en face de moi, je m'arrête sur le bas-côté. Je vais pas risquer ma vie pour être à l'heure à l'abattoir.

Par endroits, parfois, on dirait que ça se dégage un peu. Pendant un court moment, j'entrevois même ma roue avant, mais ça dure jamais longtemps.

De temps en temps, je croise des silhouettes, je dépasse des ombres. Je lance des coups de sonnette et des « bonjours » au hasard.

– Bonjour ! on me répond. Ça va ?

– Ça va, merci ! je fais, et vous-même ?

– Comme un lundi ! j'entends encore, en m'éloignant.

Je sais pas qui c'était, j'en ai aucune idée, mais dans le doute et dans le brouillard, faut être bien poli pour vexer personne. Mieux vaut saluer des inconnus qu'ignorer des amis.

Ça commence à faire un peu long, maintenant. J'ai l'impression que j'aurais dû prendre à gauche depuis un moment déjà. Et puis voilà, ça devait arriver. J'ai rien vu venir, j'ai pas compris, juste senti le choc, et je me retrouve à terre.

Je me tâte. J'ai rien de cassé.

– Y a quelqu'un ? je demande, inquiet, en me relevant.

– Je suis là, fait une voix, juste à côté de moi.

– Ça va, vous ?

– Ça va aller, vous inquiétez pas, y a pas de mal. J'avais qu'à faire attention en traversant.

– Heureusement, je roulais au pas, je lui dis, en ramassant mon vélo.

– Quelle purée de pois ! il me fait. J'ai jamais vu ça !

– Quelle purée de quoi ?

– Je dis « quelle purée de pois ! ».

– M'en parlez pas, je lui réponds, je sais même plus où je suis.

Je commence à trouver ça vraiment pénible. Je dois avoir du brouillard plein les oreilles. On est à un pas l'un de l'autre, seulement, et, en plus de pas se voir, on s'entend pas non plus.

– Vous avez pas du feu, par hasard ? il me demande.

– Si j'ai pas vu le feu ?

– Non, je vous demande si vous avez pas du feu ! il répète en haussant la voix.

– Je dois avoir ça, je lui réponds.

– C'est pas grave, il me fait.

– Si je vous dis que j'en ai…

– Ah bon…

Le temps de trouver mes mains, de chercher mes poches, et je tends mon briquet au jugé dans sa direction. Je lui chauffe un peu le menton, il sursaute.

– Pardon ! je lui fais.

Je lui passe la flamme sous le nez, il pousse un petit cri. Ça sent le roussi. Et je finis par trouver le bout de sa cigarette.

Il s'est penché vers moi et, à la lueur du briquet, on entrevoit le contour de nos visages. Il me regarde d'abord fixement et je vois soudain son expression changer.

– Ah ben tiens, c'est drôle, ça, il me dit, je vous avais pas reconnu à la voix. Qu'est-ce que vous faites là ?

– Je vais bosser, je lui réponds, tout en comprenant qu'il me prend pour un autre.

– Toujours dans les engrenages ? il me demande.

– Ah non, pas du tout.

– Vous avez changé de branche, alors…

– Non non, je crois pas, je lui réponds.

Et comme j'ai pas de temps à perdre, j'abrège.

– Dites-moi, je lui fais, vous allez peut-être pouvoir m'aider, l'abattoir, c'est bien par là ?

– Par où ?

– Par là, je lui montre, en pointant mon doigt dans le sens où je me dirigeais.

– Attendez… je vois pas.

Il s'avance un peu et cherche ma main en tâtonnant pour se rendre compte de la direction que j'indique.

– L'abattoir ? il reprend. Pas du tout, vous êtes à l'opposé, là. Faut retourner sur vos pas pendant au moins… je dirais… au moins un bon kilomètre… oh oui, au moins… et là vous allez tomber sur un grand carrefour et faudra prendre à droite jusqu'au rond-point, et puis après ce sera à gauche et, ensuite, je sais plus exactement, faudra redemander, ce sera plus très loin, c'est la première ou la deuxième à droite.

– Retourner sur mes pas, je veux bien, mais je sais même plus d'où je viens.

– Il faut repartir par là, il me dit.

– C'est-à-dire ?…

– Par là.

– Attendez, je vois pas.

Et à mon tour, à tâtons, je cherche son bras dans le brouillard.

Et puis je le remercie, j'enfourche mon vélo sans perdre plus de temps, je lui explique que je suis déjà très en retard et qu'il faut vraiment que j'y aille maintenant.

– De toute façon, on se voit mercredi, il me dit, alors que je m'élance.

Je le contredis pas.

– Oui oui, mercredi, je lui fais, bien sûr. Le bonjour à votre femme, j'ajoute encore.

– J'y manquerai pas, il me répond.

Et me voilà reparti.

« C'est drôle, je me dis, en m'éloignant, je le connais pas, ce type-là, mais je suis content de l'avoir revu quand même. »

Au bout d'un bon kilomètre, peut-être même deux – c'est difficile à dire, exactement –, je finis par tomber sur le carrefour en question. Je prends la première à droite, confiant, j'augmente un peu l'allure. Je me demande quelle heure il est, au juste, et combien de temps j'ai perdu, déjà. Je me rassure en me disant qu'une fois arrivé au rond-point, je serai plus très loin. Et puis j'entendrai les cris des bêtes en approchant, je sentirai l'odeur du sang, je saurai que c'est là.

Même si on n'y voit rien, j'ouvre les yeux aussi grands que je peux, je redouble d'attention. Je suis à l'affût du moindre indice, et pourtant rien ne m'indique que j'approche. Je commence même à me demander si je vais pas rebrousser chemin, au moins jusqu'au carrefour.

Mais au moment où je me décide à faire demi-tour, j'aperçois deux points rouges qui clignotent droit devant moi. Je m'en approche. Ce sont les feux de détresse d'un camion arrêté au bord de la route. Le moteur tourne. J'entends couiner. C'est une bétaillère. Je me dis que c'est l'occasion de me renseigner, mais j'hésite, c'est ridicule, un chemin que je fais chaque jour, matin et soir, depuis tellement longtemps, je vais bien réussir à me débrouiller tout seul. Et puis je décide de demander quand même, j'ai rien à perdre. Et puis je me ravise encore. Et puis tant pis, j'y vais, finalement.

Je me porte à la hauteur de la cabine, je grimpe sur le marchepied et je frappe à la vitre. Je vois le chauffeur sursauter. Il prend quelques secondes pour se ressaisir avant de m'ouvrir la portière.

– Je vous ai fait peur, je lui dis.

– Non non, vous tombez bien, je cherche l'abattoir…

– Justement, moi aussi, je lui réponds.

– On m'a dit que c'était dans le coin, mais ça fait deux heures que je tourne en rond…

Je lui dis que je pense qu'il faudrait plutôt retourner jusqu'au carrefour, parce que ce doit être là-bas qu'on s'est engagés dans la mauvaise direction. Il prend un air étonné et me répond qu'il est quasiment sûr, lui, qu'il faut poursuivre tout droit. On entend les porcs se bousculer à l'arrière.

Et alors que je distinguais très nettement son visage, par la portière entrouverte, peu à peu, le brouillard envahit la cabine et on poursuit notre discussion dans le flou.

Il s'entête. Moi j'insiste. Je lui dis qu'à sa place je ferais demi-tour sans hésiter parce que, tout droit, ça mène nulle part. Il me dit que ça l'étonnerait vraiment vu qu'il fait cette route plusieurs fois par semaine et qu'il connaît un peu le coin, tout de même. Moi je lui réponds que je bosse à l'abattoir et que, ce chemin, je le fais tous les jours, deux fois par jour, depuis des années et des années. Alors il se force à rire bêtement et me dit que c'est vraiment ridicule de se perdre sur un trajet qu'on connaît par cœur.

– Si vous saviez par où aller, vous, je lui rétorque, fallait pas me demander…

– Vous êtes gonflé ! il me fait. Je vous ai rien demandé, moi ! C'est vous qui êtes perdu.

Je prends même pas la peine de lui répondre. J'en ai assez de perdre mon temps avec lui. Et comme on ne se voit plus du tout, maintenant, j'en profite pour m'éclipser.

En guise d'adieu, je lui fais entendre le claquement de ma main sur mon biceps, et je repars dans l'autre sens. Il ne s'en aperçoit même pas. Après quelques coups de pédale, je l'entends encore parler tout seul.

Ce que j'arrive pas à comprendre, c'est pourquoi, dans ce sens-là, je finis pas par retomber sur ce foutu carrefour. Il me vient parfois comme des envies de pleurer que je ravale tant bien que mal.

Jamais j'aurais dû sortir de chez moi, ce matin. J'aurais dû dire que j'étais malade. Je serais bien tranquille au plumard à l'heure qu'il est. D'ailleurs, peut-être bien que j'y suis, dans mon lit, le nez dans mon oreiller, et c'est pour ça que j'y vois rien. C'est ce que je me dis pour me rassurer et, pendant quelques secondes, j'y crois un peu et ça suffit à me faire du bien.

Et puis j'entends un hurlement au loin. Et un autre en écho. Ce sont les chiens qui ont faim.

Je décide de m'arrêter et d'aller m'asseoir deux minutes dans le fossé pour me calmer. J'y descends prudemment, mais au fond, je trébuche sur quelque chose. Je tâtonne du bout du pied pour voir ce que c'est. On dirait un sac, ou peut-être un animal mort. J'hésite à y mettre les mains. J'appuie encore du bout du pied et puis encore un peu plus fort. Et soudain, j'entends comme une plainte. Je pousse un cri d'effroi en comprenant que c'est un homme qui est couché là. Il se met à geindre et à marmonner. Je l'écoute attentivement jusqu'à ce qu'il me semble reconnaître sa voix.

– Marcassin ? je me risque alors.

– Qu'est-ce que c'est ? on me répond.

– C'est toi, Marcassin ? ! je redemande.

– J'en sais rien, moi…

– Comment ça, t'en sais rien ? ! C'est toi, oui ou non ? !

– J'en sais rien, je vous dis, je sais plus, je suis fatigué, faut me laisser.

Alors je sors mon briquet pour en avoir le cœur net. J'approche la flamme en direction de la voix jusqu'à ce qu'elle éclaire un visage hagard que je reconnais aussitôt.

– Ben oui, c'est bien toi, imbécile ! Qu'est-ce que tu fais là ?

– Je sais pas, mais faut me laisser, je vous dis, j'en peux plus. Faut que je dorme encore un peu.

Il se tait et se rendort presque immédiatement. J'entends sa respiration lente et régulière.

– Allez, mon vieux, un petit effort ! je lui fais en le secouant un peu.

Il se réveille en sursaut.

– Comment vous dites, déjà, que je m'appelle ?

– Marcassin, je lui réponds.

– Marcassin… Ça me dit rien, ça. Ça me dit rien du tout…

Et il sombre à nouveau.

Dix fois je le réveille et dix fois il se rendort. J'ai beau le secouer, je n'arrive qu'à lui arracher quelques grognements. À force d'insister, pourtant, il finit par émerger, lentement. Et, entre deux bâillements plaintifs, la mémoire lui revient par bribes. Il me reconnaît, d'abord, puis se souvient de ce qu'il fait là et se met à me le raconter :

– Ça en finissait plus, tu sais. Les heures passaient pas, on dormait tous debout. Et les bêtes qui voulaient pas se laisser faire… Ça gueulait de partout, on devenait dingues. On a vraiment salopé le boulot, c'était pas beau à voir, je te jure ! Avec toute la semaine dans les pattes, cette fois, je tiendrai pas, je me disais, je tiendrai jamais. Je veux mon coup de pistolet, moi aussi ! je gueulais. Qu'on en finisse ! Qu'on me saigne ! Découpez-moi en morceaux ! Faites ce que vous voulez ! Mais que ça s'arrête une bonne fois pour toutes ! Et tout de suite ! J'ai bien failli devenir dingue, tu sais. Et, finalement, je sais pas comment, j'ai quand même tenu le coup jusqu'au bout. Mais dans quel état on était, tous, à la fin du poste, tu peux pas imaginer… En sortant, pour rentrer chez nous, on s'est dit qu'on allait rester groupés, qu'on allait se serrer les coudes. Et puis on s'est mis en route. Et plus on avançait, moins on savait où on allait, moins on savait qui on était. De temps en temps, on en perdait un en chemin qui tombait d'épuisement et s'ouvrait la gueule sur le bitume. Mais c'est pas pour autant qu'on s'arrêtait pour le ramasser. On se retournait même pas. On aurait perdu le peu de force qui nous restait. Moi j'ai tenu bon un petit moment encore, et puis j'y ai pas coupé, ça a été mon tour. Des fourmis dans les membres, des vertiges, et j'ai vu gris, et puis noir, et voilà...

Je pose ma main sur son épaule pour le réconforter. Il se tait pendant quelques secondes, puis me demande :

– Quel jour on est, déjà ?

– Lundi, je lui réponds.

– Lundi..., il répète, songeur. Et son visage s'obscurcit. Lundi... C'est pas possible... Ça veut dire que j'ai passé le week-end ici, et qu'il faut y retourner, déjà.

On entend une nouvelle fois le hurlement des chiens. Plus proche que tout à l'heure, il me semble. Je lui dis qu'il faut pas traîner ici.

Il soupire longuement. Et péniblement, il se met à quatre pattes. Il reste quelques secondes dans cette position, puis se met à genoux et s'immobilise à nouveau. Il bâille, s'étire, puis s'accroupit. Je lui tends mon bras pour l'aider. Il s'agrippe à moi. Il parvient à se redresser, mais ce sont ses jambes qui flanchent. On reprend depuis le début.

Mais malgré tous ses efforts et sa bonne volonté, c'est au-dessus de ses forces.

Les chiens nous pressent à nouveau.

– Il faut vraiment y aller, maintenant ! je lui répète.

Alors une dernière fois, il tente de se lever. Et il y parvient. Il reste un petit moment debout, chancelant, appuyé sur moi, mais il préfère se rasseoir avant de défaillir.

– Laisse-moi, il me dit, je peux pas, c'est pas la peine. Il faut que je dorme encore un peu, j'en ai besoin.

Je reste là, désemparé.

– Vas-y, toi, il me fait, et dis-leur que j'arrive.

Je refuse d'abord d'y aller sans lui, mais il insiste :

– Vas-y, je te dis. T'en fais pas pour moi.

– Comme tu voudras, je lui réponds.

Et je remonte sur la chaussée, un peu mal à l'aise. Je cherche mon vélo à tâtons que j'ai couché là sur le bas-côté. Je m'inquiète de ne pas mettre la main dessus immédiatement, puis je finis par le retrouver.

Du fossé, il m'interpelle encore.

– Attends, il me fait ! Comment c'est encore que je m'appelle, tu disais ? Mar… comment ?

– Marcassin, je lui réponds. Comme un marcassin…

– Ah oui, c'est vrai… Je vais m'en souvenir, maintenant.

– Ça va aller ? je lui demande.

Je ne l'entends pas répondre. Il a dû se rendormir encore. Je m'en vais, cette fois.

Je suis bien trop en retard, maintenant, pour continuer à m'en faire. Je vais rouler comme ça, tranquillement, et m'en remettre au hasard. Avec un peu de chance, je finirai bien par échouer à l'abattoir.

Je m'arrête de temps en temps pour m'en fumer une. Je m'arrête pour pisser, pour refaire mes lacets. Je m'arrête pour me gratter, me curer le nez, remonter mes chaussettes, rajuster mes pinces à vélo. Plus rien ne presse, je me sens presque en balade.

Et brusquement, je suis secoué de partout. Je me cramponne au guidon. Je traverse une zone de turbulence, c'est bon signe. Cette petite route défoncée, je crois bien la reconnaître.

Je croise quelques voitures, et puis des silhouettes sur les côtés. Je perçois des voix familières. Des gens s'écartent sur mon passage. Ça sent la sueur et le sang chaud à plein nez. Mais, cette fois, c'est presque un doux parfum pour moi.

Je suis tout près, y a plus de doute. Mais je me demande pourquoi ils s'en vont tous dans l'autre sens. J'interpelle quelqu'un pour le lui demander. Il me répond qu'ils rentrent chez eux, pardi.

C'est alors que je comprends que la journée est passée et qu'il est déjà temps de rentrer maintenant. Je fais demi-tour et, en quelques coups de pédales, je rejoins les gars qui ferment la marche.

Je roule à côté d'eux, d'abord, un petit moment, et comme ils sont pas très causants, je les laisse et j'accélère un peu. Je dépasse quelques types que j'observe de près, dans l'espoir de reconnaître Bortch. Et c'est un peu plus loin que je finis par le trouver. Je m'accroche à lui en posant ma main sur son épaule. Je roule au pas à ses côtés. Il a pas l'air surpris de me voir. On dirait bien qu'il n'a même pas remarqué mon absence, aujourd'hui.

On n'en parle pas, mais on n'est pas couchés, on le sait bien. Il faut retrouver le chemin du retour, maintenant, c'est une autre histoire. Pour l'instant on avance, sans trop se poser de questions. Les chiens hurlent à plusieurs reprises, tout près d'ici.

Un peu plus loin, on tombe sur Marcassin, qui dort encore au même endroit. Il se réveille en sursaut effrayé par nos voix et le bruit de nos pas.

– Qu'est-ce que c'est ? ! je l'entends s'écrier, paniqué.

Je m'arrête à sa hauteur.

– C'est rien, Marcassin ! Rendors-toi, je lui dis. C'est rien du tout, on fait que passer. On rentre chez nous, c'est tout.

– Ah bon, d'accord, il me répond, apaisé. Je me repose encore un peu, alors, et j'arrive. M'attendez pas, je vous rejoins…

– Bien sûr, mon vieux, je lui dis, prends ton temps, surtout. Et excuse-nous du dérangement.

On se retrouve nez à nez avec les chiens. On s'arrête net.

On les voit pas, mais on entend grogner à quelques pas. On bouge plus un cil. On reste immobiles un long moment. Dans ces cas-là, faut pas se laisser impressionner, surtout, faut garder son sang-froid.

Mais, dans le groupe qui marchait juste derrière nous, y a un gars qui prend peur et qui s'enfuit. Et dans la même seconde, les chiens attaquent, et dans la panique, tout le monde décampe et c'est chacun pour soi.

Moi je déraille au premier coup de pédale. Je laisse tomber mon vélo. Je prends mes jambes à mon cou. Je quitte la route. Je saute par-dessus le fossé. Je fonce droit devant moi.

Je disparais dans le brouillard.

En vacances, on y allait à pied, c'était plus commode. « Qu'est-ce qu'on irait faire à Pétaouchnok, disait la grand-mère, quand y a tant de belles choses à voir juste à côté de chez nous ? »

Un beau matin, on se levait à l'aube, on coupait l'eau et l'électricité, on fermait la maison, on planquait la clé, et on s'en allait passer l'été du côté de la station d'épuration.

Là-bas, comme chaque année, on retrouvait les vieux habitués. Rien que des gens du coin, des voisins, qui venaient camper par ici pour prendre un peu de bon temps. Et moi je retrouvais les copains que j'avais quittés la veille. À peine arrivés, on détalait comme des lapins, on disparaissait dans les herbes hautes, les bosquets, les fourrés, et on nous revoyait plus de la journée.

On n'avait pas la mer, mais on avait les goélands. Et si ces oiseaux-là préféraient la décharge à l'océan, ça voulait bien dire qu'on était pas si mal que ça, chez nous, et que ça devait pas être si bien que ça, là-bas.

Les moustiques non plus s'y étaient pas trompés. C'était bien ici, le paradis. Ils rappliquaient en masse, eux aussi, il devait plus en rester beaucoup ailleurs. Ils nous pompaient à longueur de journée jusqu'à ce qu'on soit tout blancs. Il faut dire qu'on était tous un peu chétifs et que, dans nos veines, il coulait tout juste assez de sang pour nous. Une piqûre de trop et on tournait de l'œil.

Et quand les moustiques étaient repus, c'étaient les taons qui passaient à table, et tous les insectes suceurs à la queue leu leu, jusqu'à ce qu'on n'y voie plus que des mouches.

Les journées étaient bien trop courtes, c'était ça notre vrai malheur. On n'avait pas le temps de faire la moitié de ce qu'on voulait. On tenait pas en place, on courait à gauche, à droite, les heures étaient comptées, on savait plus où donner de la tête.

À la décharge, en creusant un peu, à tous les coups, on trouvait des trésors. Des bouts de magazines porno qui valaient de l'or, des gants en caoutchouc, des vieilles seringues pour jouer au docteur. On était dedans jusqu'aux genoux. C'était chaud comme les mers du Sud.

Au milieu des oiseaux marins, des fumerolles, des montagnes de sacs en plastique éventrés, on avançait lentement en levant bien haut les jambes, le regard affûté. Quand quelqu'un gueulait, ça voulait dire qu'il avait trouvé quelque chose. On accourait tous aussitôt. À certains endroits, ça descendait à pic, on perdait pied, on s'enfonçait d'un coup. Ça faisait rire tout le monde.

Pour qu'elles nous accompagnent, on promettait aux filles qu'elles trouveraient sûrement des coquillages et qu'elles pourraient s'en faire des colliers. Elles nous suivaient de loin avec des mines écœurées, en poussant des cris stridents au moindre rat, en suppliant qu'on les attende.

– Y en a pas, des coquillages ! elles se lamentaient.

– Mais si, y en a ! on leur répondait. Faut bien regarder !

Alors elles avançaient encore.

Et puis on finissait par s'en lasser de la pêche au trésor. Il nous prenait subitement une envie de baignade. Comme des chiens fous, on courait jusqu'à la station pour se jeter à l'eau. Là-bas, on improvisait des plongeoirs, on poussait les plus petits au jus, on se faisait couler par les plus grands.

Et quand tout le monde avait bien bu la tasse, on ressortait du bain, bleus et tremblotants. On perdait pas de temps, on passait à autre chose. On inventait d'autres jeux, on se lançait des défis. C'était à celui qui oserait se coucher sur les voies, toucher les lignes, sauter du pylône, se tailler les veines. On s'ennuyait jamais.

En fin de journée, souvent, on s'asseyait autour des plus âgés d'entre nous qui se vantaient de tripoter déjà les filles. Ils nous décrivaient tout en détail, nous racontaient que c'était comme une grande bouche, une limace, un fruit mûr, une pâtisserie, un crustacé, que ça bougeait quand on mettait du citron dessus.

Au bout du compte, on n'en savait pas plus, on n'y comprenait même plus rien du tout. Mais ce qu'on attendait impatiemment, c'était le moment où en échange de ce qu'on avait dans les poches, ils nous laisseraient renifler leurs doigts.

Dans la foulée, à la demande générale, pour pas un rond et pour finir la journée en beauté,

Maroille nous montrait sa bite. Il pouvait pas s'en empêcher. Elle lui arrivait jusqu'aux genoux, ça faisait froid dans le dos. Paraît qu'il était né comme ça, que c'était de famille. Que son père, son métier, c'était d'exhiber la sienne à la foire.

La grand-mère, pendant tout ce temps, j'ai aucune idée de ce qu'elle pouvait bien faire pour s'occuper. Quand je réapparaissais le soir, haletant et en sueur, elle avait pas bougé. Je la retrouvais dans sa chaise en toile sous la bâche en nylon qu'on avait tendue le matin entre quatre piquets. La journée entière, elle devait la passer à attendre mon retour, rien que pour le plaisir de m'engueuler parce que je revenais trop tard, sale, écorché et puant. Et mes habits déchirés, mes chaussettes perdues, et toutes ces piqûres, ces éraflures… Je me ramassais une bonne tarte pour finir. Et on remballait tout.

Sur le chemin du retour, j'étais chargé comme un âne. Je portais sa chaise et la glacière, mon ballon, mes palmes et mon tuba, j'étais plein de tics, je reniflais, je pleurnichais, je pouffais en même temps, je faisais même des ruades. Elle m'en collait une autre pour que je me calme, me menaçait de ne pas revenir demain.

« C'est l'avantage d'aller en vacances à deux pas de chez soi, elle disait. Le soir, au moins, on peut dormir dans son lit. »

Le lendemain, heureusement, on se relevait à l'aube. À nouveau, on coupait l'eau et l'électricité, on fermait la maison, on planquait la clé. Et c'était reparti pour un tour.

Quand je lui en parle, aujourd'hui, que j'évoque mes souvenirs, ça lui dit pas grand-chose.

– C'était bien, quand même, les vacances à la station, je lui fais.

– De quoi ? elle me demande.

– Les vacances… tu sais bien… à la station…

– Où ça ?

– À la station…, je répète.

Elle fronce les sourcils.

– Ben, tu sais bien… quand j'étais gamin…

– M'en souviens pas, elle fait.

Et c'est comme une pierre qui tombe dans un puits sans fond.

– C’est pas une vie, je dis à Bortch qui vient de me rejoindre dehors.

– C’est la nôtre, pourtant, il me répond, en me tendant un café ou plutôt ce qui devrait en être un si depuis des mois la machine ne nous servait pas que de l’eau chaude.

Je mets le nez dans mon gobelet en pestant.

– Oui mais moi j’en veux plus de cette vie-là, je lui fais. Je vais me tirer bientôt.

– Et tu veux aller où ? il me demande.

Je lui réponds par une moue entendue, l’air de dire que j’ai ma petite idée là-dessus mais que je préfère pas en parler, alors qu’en fait j’en sais foutre rien.

Et puis d’un signe de la tête, je lui désigne un avion en pleine ascension.

– Tiens, regarde-les, eux... Ça gagne combien un type comme ça, rien que pour tenir un manche ?

Bortch hausse les épaules.

J'ajoute encore :

– Moi aussi, j'aimerais ça, qu'on me paye pour partir en vacances. Je le ferais même pour pas un rond. Un beau métier qu'ils ont ces gars-là...

– C'est pas rien, quand même, il me répond. Il faut faire de sacrées études à ce qu'il paraît.

– Des études... Tu parles... C'est tout automatique, maintenant, y a plus rien à faire.

– T'es de mauvaise foi, il me dit. Faut voir qu'il y a quand même des responsabilités.

– Sans rire, tu vois, je suis sûr que toi et moi, comme on est là, avec un peu d'entraînement, on se démerderait aussi bien qu'eux.

– T'es pas sérieux...

– Je dis pas, au début, qu'on serait pas un peu maladroits, mais au bout d'un moment...

Il m'interrompt :

– Vraiment, tu te rends pas compte ! En plus il faut être en bonne santé, pas comme nous autres. Toi qu'entends pas bien et moi qui vois plus que d'un œil, tu vois un peu l'équipage... Et puis y a quand même des trucs à savoir. Un minimum...

Pour les volets, les machins, le train d'atterrissage… Quand est-ce qu'on le rentre ? Quand est-ce qu'on le sort ? Quand c'est qu'on s'arrête de monter ? Quand est-ce qu'on commence à descendre ? Et puis faut pas y aller trop vite, faut pas trop ralentir non plus, sinon tu tombes comme une pierre. Je te jure qu'on a moins de questions à se poser, nous.

Je secoue la tête d'un air dépité.

– Tu manques d'ambition, Bortch, c'est triste. C'est sûrement pour ça que t'es là avec tes mains poisseuses à regarder passer les avions…

– Et toi alors ?…

Je me donne pas la peine de lui répondre. Je le laisse et je vais faire quelques pas jusqu'au bout du parking. Là-bas, je m'adosse au grillage et je finis mon eau chaude à petites gorgées, à petites grimaces.

Je m'allume une cigarette. Et puis je reviens lentement vers Bortch en soufflant la fumée au-dessus de ma tête d'un air pensif. Je m'approche de lui.

– Excuse-moi, je lui fais, je dis n'importe quoi. C'est ce boulot qui me rend amer. Il est vraiment temps que je m'en aille.

– Et tu veux aller où ? il me demande.

– Je sais pas encore, je lui réponds.

– Et tu veux faire quoi ?

– Je verrai bien.

Et puis j'écrase mon gobelet dans ma main et d'un grand coup de pied je l'envoie en l'air.

– Faut y retourner, je lui fais. Y a les veaux à finir.

Alors il me suit. Et on retourne finir les veaux.

Les jours de repos, coûte que coûte, faut se changer les idées.

J'en connais qui vont pêcher, le dimanche à l'aube, du côté de la rivière qui mousse. Bortch en fait partie. Ça mord bien là-bas, paraît-il. Peu importe l'heure, le temps, la lune, même pas besoin d'appâter, les poissons font pas de manières, ils sont pas compliqués, on peut même gueuler ou sauter sur la berge, si on veut, ça les dérange pas, au contraire. Et si on n'a rien à piquer au bout de son hameçon, c'est pas grave non plus, faut pas s'en faire. Il suffit de mettre sa ligne à l'eau et dans les secondes qui suivent, le bouchon plonge immanquablement. Ils sont pas plus stupides qu'ailleurs, les poissons, c'est pas ça, tout ce qu'ils veulent c'est qu'on les sorte de l'eau, qu'on les tire de là.

Dehors, ils respirent beaucoup mieux d'un coup, et puis ça soulage leurs brûlures et leurs démangeaisons, alors ils sont contents. Après on peut bien faire ce qu'on veut avec eux, les laisser crever sur l'herbe ou leur cogner la tête contre une pierre, du moment qu'on les remet pas à la rivière parce qu'ils sont trop petits ou pas beaux, c'est tout ce qu'ils demandent. Ils sont pas exigeants.

En passant, je m'arrête quelquefois pour discuter avec les pêcheurs.

– Ça mord pas trop ? je leur demande pour entamer la conversation.

– On va pas se plaindre, ils me répondent.

En jetant un œil au fond des seaux, on voit de tout, c'est surprenant. Beaucoup de maladies de peau, des rougeurs, des irritations. Certains ont comme la pelade et perdent leurs écailles par grandes plaques. Des nageoires en trop, parfois, ou alors des abcès, des pustules par grappe, un peu partout, et les yeux rouges, très souvent, injectés de sang. Ils sont pas appétissants, faut dire ce qui est, mais ça refroidit personne. C'est la pêche miraculeuse à tous les coups, on va pas faire la fine bouche.

Le lundi matin, Bortch se ramène souvent avec un petit seau qu'il trimballe, fier comme un gosse.

Quand je le vois arriver, je crains le pire, je sais bien ce qui m'attend, mais je fais celui qui se doute de rien.

– Regarde ce que je t'ai ramené, il me fait, en retirant le couvercle sous mon nez.

– C'est quoi ? je lui demande, en me penchant au-dessus du seau.

– Ben… des poissons, pardi !

– Ça, je le vois bien, je lui dis, enfin, je le devine, mais c'est quoi comme poissons ?

– Alors ça, tu m'en demandes trop… Je suis pas un spécialiste, moi. Sans doute un genre de truite ou d'anguille. De nos jours, les poissons, on les reconnaît plus forcément, tu sais. C'est comme les chiens…

– Comment ça ? Quel rapport ?

– Je veux dire qu'il y a des chiens, on peut pas dire ce que c'est. C'est juste des chiens. C'est comme mes poissons, c'est pas des poissons de race, mais ils valent bien les autres, crois-moi.

– J'en doute pas, je lui dis, pour pas le vexer.

– Ils sont pour toi, il me fait, en me tendant le seau, comme si j'avais pas compris qu'il me faisait l'honneur de me les offrir.

– C'est vrai ? je lui demande, en feignant d'être surpris.

– Puisque je te le dis.

– Ben merci, mon vieux.

– Tu verras, tu m'en diras des nouvelles.

– Tu les manges pas, toi ? je lui demande.

– J'aimerais bien, parce que j'aime ça, le poisson, surtout celui-ci qu'est tout frais, mais le cuisiner pour moi tout seul, ça me dit rien, tu comprends ?

Je sais pas trop quoi lui répondre. Je suis un peu mal à l'aise. Je sens bien que tout ce qu'il espère, c'est qu'un de ces jours à force de m'en apporter, pour le remercier, je finisse par lui dire : « Viens donc manger à la maison, dimanche, la grand-mère nous fera une friture. » Je sens bien que c'est ce qu'il attend depuis un bout de temps déjà, en se disant que je sais pas vivre, et il a bien raison. Ce serait normal, ce serait même la moindre des choses, mais, vraiment, je peux pas, c'est pas pensable. Quand je rentre chez moi, je les montre même pas à la grand-mère, ses poissons, elle serait capable de nous les faire. Je les donne au chat comme on nourrit les otaries, au cirque. Et quand je les attrape par la queue, une fois sur deux, elle me reste entre les doigts, comme celle des lézards qui repousse, paraît-il, mais, là, c'est pas le cas.

Encore frétillants et déjà pourris, ses poissons, à Bortch. C'est pour ça que je l'inviterai pas, il peut bien penser ce qu'il veut. Ou alors, peut-être que je l'inviterai quand même, un de ces jours, mais on mangera des tripes.

La pêche, moi, ça me dit rien. Bortch propose souvent de m'y emmener, mais je peux pas. Pas tellement à cause de la gueule des poissons, ça encore, c'est pas grave, je pourrais toujours trouver quelqu'un à qui les refiler et qui serait bien content en plus, mais c'est pas ça, c'est plutôt le hurlement des asticots au bout de l'hameçon qui me glace le sang. J'ai l'ouïe fine pour ces choses-là.

Bien sûr, je pourrais aller aux champignons, comme certains. C'est moins violent comme passe-temps, ça me conviendrait bien. En plus avec la chaleur qu'il fait, et l'humidité, y en a toute l'année, il suffit de connaître les bons coins. Il faut se lever tôt pour y être avant tout le monde, c'est tout, après c'est facile, ils sont bien grands et colorés, on les repère de loin. Le problème, c'est que j'y connais rien et que j'aurais bien trop peur de me tromper. Même ceux qui sont comestibles et qu'on trouve au milieu des détritus, dans nos bosquets, ils sont pas digestes. Il faut les faire cuire pendant douze heures, au moins, sinon on le paye cher. Je peux en parler, je suis pas près de l'oublier. Des coups de couteau dans le ventre pendant trois jours, et la fièvre et des suées, la chiasse en cataracte et des geysers de vomi. On se dit que ça finira jamais, on se roule par terre, on implore, on pleure sa mère, on demande à crever, et puis finalement on survit. C'est cher payé pour une omelette.

C'étaient des cèpes qu'un type du boulot m'avait gentiment rapportés. Encore un qui aime bien me faire des cadeaux. Ça tombe toujours sur moi, je sais pas pourquoi, je dois avoir une bonne tête.

Je lui ai fait la remarque, quand même, une fois remis. Je lui ai dit : « T'es gentil avec tes champignons, mais on a dégusté, mon vieux. Moi encore, ça va, mais tu sais que la grand-mère a bien failli y rester. » Il est tombé des nues, m'a juré que c'était pas ses champignons, que c'était pas possible. Il m'a dit que c'était plutôt mes œufs qui devaient pas être frais. Comment savoir ?

Du coup, pour regagner ma confiance, il s'est mis à m'en rapporter encore bien plus souvent. Et des œufs de ses poules, en prime, vu qu'il soupçonnait que les miens étaient pas bons. Sans doute qu'il s'attend, lui aussi, à ce qu'un jour je lui dise : « Viens donc manger à la maison, la grand-mère nous fera une omelette aux champignons. » Mais il peut toujours attendre. Il peut toujours m'en ramener, des paniers, des brouettes ou des camions, ça changera rien. Je dis merci bien gentiment, je fais celui qui est bien content et, en rentrant, je fais un petit crochet du côté de la rivière et je balance le tout par-dessus le pont. Au moins, ça fait plaisir aux poissons.

Moi j'emmerde personne avec mes loisirs. Je me lève tôt, je prends mon vélo, j'accroche la petite remorque derrière et je m'en vais fouiner dans les bois.

À me voir, comme ça, on pourrait croire que je cueille des champignons, moi aussi, mais c'est pas du tout ça. C'est vrai que j'aurais qu'à me baisser, si je voulais, j'en vois plein, là où je vais, mais j'y fais même pas attention. Je marche dessus, je file des coups de pied dedans. Ce qui m'intéresse, c'est tout ce qu'on trouve autour, tous les trésors éparpillés dans les sous-bois, les taillis, aux bords des chemins. Ici, un frigo auquel il manque la porte, un peu plus loin, une gazinière couchée au pied d'un arbre, un chauffe-eau, là-bas, dans les ronces et, au milieu des orties, un bel évier en inox.

Les gens jettent des choses, c'est à peine croyable. Chaque semaine, je vais de surprise en surprise. Au pied des panneaux « décharge interdite », c'est là, souvent qu'on trouve les plus belles pièces. Et puis, c'est curieux, mais on dirait bien qu'il y a comme des saisons. On trouve pas de tout, toute l'année. La saison de l'électroménager, c'est pas en même temps que celle des pots de peinture, des débris de carrelage et des chutes de moquette. En ce moment, par exemple, je le vois bien, on trouve surtout de la pièce détachée pour automobile. C'est ce qui m'intéresse, justement, et je commence d'ailleurs à être bien équipé de ce côté-là. J'ai déjà une portière rouge, côté conducteur, un rétroviseur intérieur, un pot d'échappement, trois bougies, une batterie, un carburateur double corps et une courroie crantée. Et des pneus, aussi, j'oubliais, plus qu'il n'en faut, des normaux, des pneus neige et des cloutés. Et des enjoliveurs de toutes sortes, suffisamment pour en changer chaque jour de la semaine.

Mon problème, à chaque fois, c'est que je peux pas tout emporter, même en plusieurs voyages, c'est pas possible. Je suis bien obligé de faire des choix, d'en laisser sur place, de penser à la grand-mère qui va encore me faire un cinéma parce que je lui ramène des immondices, que j'entasse toutes ces choses devant la maison, dans la cour, dans la cave, au grenier, sous l'escalier, partout où je peux encore trouver de la place. Je récupère. Je récupère et je stocke, ça peut toujours servir. Et quand elle me fait des remarques, je lui rappelle que c'est quand même grâce à mes lubies, comme elle dit, qu'on a un beau bidet, aujourd'hui, et la télévision en couleurs, même si on a qu'une chaîne et beaucoup de neige. « Et le matelas sur lequel tu dors, je l'ai quand même ramassé dans les feuilles mortes, tout comme le beau tapis à poil long des toilettes, qui était tout raide et dégueulasse quand je l'ai trouvé et que t'aime tellement aujourd'hui. »

Je lui dis que c'est comme ça qu'avec un peu de patience on aura une belle voiture, aussi, un de ces jours, quand j'aurai trouvé toutes les pièces. Je lui dis qu'il manque plus grand-chose. C'est pas tout à fait vrai, mais comme elle y comprend rien, elle me croit sur parole.

Je vois bien alors, dans ses yeux, la petite lueur qui brille quand elle réalise qu'elle sera plus obligée de prendre le bus pour aller au supermarché.

Comme si le boulot était pas déjà suffisamment pénible, il faut encore qu'on supporte les humeurs des petits chefs qui viennent régulièrement nous gueuler dessus pour d'obscures raisons. Y en a un, particulièrement hargneux, qui nous harcèle à longueur de journée, et surtout moi, il m'en veut, ça crève les yeux. « Cause toujours », on l'appelle entre nous et, du coup, on a oublié son nom, peut-être même qu'on l'a jamais su, c'est probable.

Toujours dans mon dos, « Cause toujours », à me reprocher ci et ça, à me dire de faire comme ci, plutôt que de faire comme ça. Moi je veux bien, je suis pas entêté, mais le problème c'est que je comprends jamais exactement ce qu'il veut. C'est pas de la mauvaise volonté, c'est à cause de sa voix rauque et étranglée, qui est même plus une voix, plus qu'un gargouillement à peine audible, un bruit de siphon qui lui vient de ce trou noir qu'il a au milieu de la gorge.

Ce qui est embêtant, c'est qu'il déteste qu'on le fasse répéter, c'est même ce qui l'énerve au plus haut point. Quand je me penche vers lui en tendant l'oreille pour essayer de deviner un mot ou deux, ça fait qu'augmenter sa colère. Il doit penser que je le provoque, alors le sang lui monte à la tête, il gargouille plus fort encore, il éructe, il s'époumone et fait de grands gestes autoritaires et menaçants. Ça facilite pas la communication.

Pour avoir la paix, maintenant, je fais toujours comme si j'avais tout compris du premier coup. J'acquiesce avec de grands mouvements de la tête, comme le font les chevaux parfois. Ça me donne un air stupide, mais ça le calme un peu, même si, au bout du compte, ça change pas grand-chose parce que, lorsqu'il repasse pour vérifier si j'ai bien suivi ses instructions, il voit bien que c'est pas le cas, alors il pense que je me fous de lui, et c'est pire encore parce qu'il se met dans des états indescriptibles. Et moi, je reste là, les bras ballants, et j'attends que l'orage passe.

Ce qu'elle comprend pas, la grand-mère, c'est que je sois pas un petit peu chef, moi aussi, depuis toutes ces années, qu'on m'ait pas confié quelques responsabilités, qu'on m'ait même jamais augmenté, elle trouve pas ça normal. Pour une fois, je suis un peu d'accord avec elle, mais je sais bien, moi, à quoi ça tient. À qui ça tient, plutôt. C'est justement la faute à « Cause toujours » qui peut pas me sentir et je crois savoir pourquoi. Ça remonte loin. Il venait d'arriver. Je le connaissais pas, je l'avais jamais vu et, quand je l'ai entendu, j'ai cru qu'il se donnait un genre, comme ça, que c'était pour amuser la galerie. Je l'ai pris pour un déconneur et j'ai ri de bon cœur. Je savais pas, moi. C'est depuis ce jour-là qu'il m'a dans le nez, c'est sûr. Je vois pas d'autre explication.

Il y a des fois, il vient me chercher et m'envoie filer des coups de trique au déchargement parce qu'il manque quelqu'un là-bas et qu'ils sont débordés. J'y suis pas depuis dix minutes qu'il revient me voir pour que j'aille remplacer un pauvre type à la découpe qui vient d'y laisser deux doigts. Je fais ce qu'il me dit. Cinq minutes plus tard, à peine, il rapplique à nouveau en s'égosillant et me demande ce que je fais là et pourquoi je suis pas à l'emballage. Je discute pas, ça vaut pas la peine, je laisse tout tomber et j'y vais tout de suite. Mais j'ai pas fait dix pas, et voilà qu'il me rattrape pour m'expédier au frigo pousser des carcasses. Je soupire, je fais demi-tour et j'y vais. Et du frigo, il faut que je cavale à la fendeuse de tête, de la fendeuse de tête à l'échaudeuse, de l'échaudeuse à la désergoteuse.

Il faut savoir garder son calme avec cet homme-là, même si je sais bien qu'il ferait pas ça avec tout le monde, parce qu'il y a des gars qui ont bien moins de patience que moi, des gars qu'il faut pas chercher parce qu'ils ont la lame agile, les nerfs malades, et qu'ils sont tellement abrutis par la tâche qu'ils font encore à peine la différence entre un homme et un porc. Et il leur en faudrait pas beaucoup pour qu'on retrouve « Cause toujours » en petites barquettes, au frais, sous les néons des supermarchés.

Seulement voilà, il est pas idiot, l'animal. Il est méfiant et il nous connaît bien. Avec moi, il sait qu'il risque rien tant qu'il insulte pas la grand-mère.

Le voilà qui se ramène, justement. Il arrive à grands pas. Il est sur les nerfs, ça se voit de loin. Il embarque Bortch avec lui au passage et deux autres types encore. Ils viennent droit sur moi. Pas besoin de me faire un dessin, je comprends qu'il faut les suivre. Il a besoin de bras. On prend encore un gars avec nous et on se dirige vers la sortie de secours, c'est plus court par là. On me dit que c'est une truie qui s'est fait la belle en sautant la rampe.

Une fois dehors, on la cherche du regard et on l'aperçoit tout au bout du parking. « Cause toujours » envoie quelqu'un se poster devant la sortie pour l'empêcher de s'enfuir. Et puis on entame une grande corrida. Il y en a qui lui courent derrière en gueulant pour la rabattre vers les autres qui attendent de lui sauter dessus. Mais elle nous charge et nous renverse comme des quilles. Plusieurs fois on est à deux doigts de l'avoir. Bortch l'attrape par les oreilles, parvient même à la chevaucher, mais se fait désarçonner avant qu'on ne vienne à sa rescousse. Il tient bon, s'accroche à elle, se fait traîner sur le goudron. Elle nous échappe encore. On est en sueur, à bout de souffle et plein d'écorchures, la truie couine tout ce qu'elle peut et nous on rit comme des gosses à la kermesse.

« Cause toujours » reste en retrait. Frêle comme il est, il fait bien, il veut pas risquer sa vie. Il s'est allumé une cigarette sur laquelle il tire nerveusement. Ça a pas l'air de l'amuser du tout.

Puis il jette son mégot et décide de reprendre les choses en main. Fin de la récréation.

Il nous fait signe de revenir vers lui et nous dit qu'il faut se déployer en ligne et coincer la truie dans un coin contre le grillage. Il nous dit qu'on va l'abattre sur place. Et il m'envoie chercher ce qu'il faut pour ça.

J'y vais tranquillement, les mains dans les poches, pour une fois. Mais ça lui plaît pas. J'entends ses éructations jusqu'à l'autre bout du parking.

J'attends Bortch qui est passé par les vestiaires chercher ses cigarettes. Pendant ce temps, je vide mes poches pour savoir si j'ai de quoi me payer un café. Évidemment, le compte y est pas. Il manque presque rien, c'est rageant. Une nouvelle fois, je retourne chacune de mes poches, et je fais bien, parce que j'en ai oublié une et c'est justement dans celle-ci que je trouve encore une petite pièce qui me rapproche du compte, mais qui fait toujours pas l'affaire. Si Bortch se décide enfin à me rejoindre, je lui demanderai s'il peut pas me dépanner. Seulement s'il tarde encore un peu, ce sera trop tard, il faudra déjà y retourner.

J'ai l'idée de faire un petit tour sur le parking où je me dis qu'avec un peu de chance je devrais pouvoir trouver une pièce par terre. Combien de fois j'en ai vues, ici, que j'ai même pas voulu ramasser parce que j'étais fatigué, que j'avais trop mal au dos et que ça valait pas la peine ? Pas plus tard qu'hier, je crois bien qu'il y en avait une qui traînait par là-bas.

Je fais quelques pas, un peu au hasard, et comme j'en trouve pas, je me mets à quadriller le bitume de façon plus méthodique. Je repense alors à ce que dit la grand-mère qui trouve pas ça normal du tout que j'aie pas été augmenté depuis toutes ces années. Je me dis que si je m'étais mieux démerdé, sûr que je pourrais être chef à l'heure qu'il est, plus chef que « Cause toujours » et peut-être même sous-directeur si ça se trouve. Mais ce qui me console, c'est de me dire qu'avec un gros billet en poche à la place de mes petites pièces, j'aurais pas l'air plus malin devant la machine à café.

J'abandonne, finalement, et je retourne m'asseoir là-bas, par terre, contre la sortie de secours. Je recompte mes pièces encore une fois. Et puis, soudain, je les vois qui se mettent à reluire au creux de ma main. Je lève les yeux et je m'aperçois que, dans le ciel uniformément gris, une lueur vient d'apparaître presque au zénith.

C'est d'abord comme de la braise sous les cendres et puis c'est une tache de lumière de plus en plus vive. Je peine à soutenir le regard. Je me dis qu'il faut que Bortch voie ça, nom de Dieu. Et au même moment, le voile se déchire et le soleil m'éclate en pleine figure.

Je me précipite aussitôt à l'intérieur. J'y vois plus rien. Je renverse un type sur mon chemin, j'en bouscule un autre. Je traverse l'abattoir en courant, je fonce vers les vestiaires, déserts, Bortch y est pas. Je grimpe l'escalier vers la salle de pause, là non plus. Alors je me rue dans les toilettes où je le trouve en train de pisser. « Viens ! Faut que tu voies ça ! je lui crie. Viens tout de suite ! » Et je l'attrape par le bras. Il se pisse dessus. « Dépêche-toi ! je te dis. » Il m'engueule, il comprend pas ce qui se passe mais, devant l'urgence, il me suit en courant sans poser de question. On dévale l'escalier. En refermant son pantalon, il manque la dernière marche, se tord la cheville et chute violemment. Je reviens vers lui pour l'aider à se relever. « Vite ! Dépêche-toi ! » je lui fais. Et on se remet à courir sous les regards ahuris des collègues. Nous voilà dehors. Mais trop tard, c'est plus pareil. Tout est redevenu comme avant. Le même ciel de plomb. La même dalle de marbre gris.

Bortch y comprend rien, lui. Il jette des regards perdus tout autour de lui.

– Je peux savoir ce qui se passe ? il me demande, agacé.

Mais je peux pas lui répondre. Je suis incapable de prononcer le moindre mot. J'essaie d'abord de reprendre mon souffle, plié en deux, les mains appuyées sur les genoux.

Il perd patience.

– Tu vas me dire ce qu'il y a, oui ou non ? !

Je lui fais signe d'attendre encore un peu, je secoue la tête, je me redresse et j'inspire profondément.

– Y a rien, mon vieux, je lui fais, rien du tout… C'est trop tard, maintenant, c'est fini.

– Qu'est-ce qui est fini, bon sang ? !

– Aucune importance, je te dis. N'en parlons plus. C'était juste une éclaircie.

À l'époque où j'étais amoureux, tout était différent. Je voyais pas les choses pareil. J'étais pas le même homme. « C'est un beau métier que tu fais », je me répétais souvent, j'embrassais la grand-mère, tendrement, chaque matin en partant et, en chemin, je trouvais vraiment que c'était un joli petit coin par ici – paisible et agréable à vivre.

C'est à l'abattoir que je l'ai rencontrée. Elle y travaillait pas, elle était institutrice. Je la voyais un vendredi sur deux lorsqu'elle accompagnait les enfants qui venaient pour visiter.

On en recevait de tous les âges, ça dépendait des jours. Les plus petits, dont elle s'occupait, ils venaient pour voir les animaux, apprendre qu'une vache ça fait « meuh », qu'un agneau ça fait « bêêê », enfin ce genre de choses. Les plus grands, c'était plutôt la technique qui les intéressait. Les automatismes, les machins qui montent et qui descendent, les trucs qui basculent ou qui défilent, toutes ces choses électriques, hydrauliques ou pneumatiques.

Quant aux plus âgés, qui bientôt sans doute rejoindraient nos rangs, eux, ce qu'ils voulaient, c'était voir du concret. Ça leur faisait pas peur. Au contraire, ils en redemandaient. Ils voulaient tout savoir, tout connaître en détail. Ils arrivaient avec d'interminables listes de questions. Ils prenaient des notes. Ils feraient des exposés. « Comment on s'y prend pour l'étourdissement ? Et pour la saignée ? Et l'éviscération ? Comment ça marche une échaudeuse épileuse ? Qu'est-ce qu'on fait avec la boyaudeuse ? » Ils voulaient qu'on fasse des démonstrations. Ils regardaient de près. « Et combien on tue de bêtes à l'heure ? Combien d'heures on fait ? Et combien on gagne, au bout du compte ? » « Y a plus de jeunesse ! », je me disais en les regardant déambuler.

Le seul jour que j'attendais impatiemment, c'était celui des maternelles, évidemment, parce que c'est à cette occasion que je pouvais la voir et parler un peu avec elle, malgré les gosses qui nous couraient constamment entre les pattes. Toujours à toucher à tout, à mettre les doigts où il fallait pas, à s'aventurer dans les endroits dangereux. Toujours à lui poser des tas de questions « Pourquoi ci, maîtresse ? Pourquoi ça ? – Le monsieur va vous répondre, elle leur disait. C'est à lui qu'il faut demander. » Et je me retrouvais à devoir leur expliquer comment on fait rentrer le cochon dans la saucisse et pourquoi ça leur fait pas mal.

Au moment de s'en aller, elle passait toujours me dire au revoir et me remercier pour ma disponibilité. En la regardant s'éloigner, avec sa robe légère, comme une bergère au milieu de son petit troupeau d'agneaux, je me disais : « La prochaine fois, je me jette à l'eau. » Mais la fois d'après, je me disais : « La prochaine fois… » Et ainsi de suite.

Tout se passait bien pourtant quand je pensais à elle, la nuit, dans mon lit, que je répétais mon texte. Je lui disais : « On pourrait aller pique-niquer du côté de la rivière qui mousse, un de ces jours, si ça vous dit. » Je voyais le rouge lui monter aux joues. « Une rivière qui mousse ? me répondait-elle. Ce doit être amusant. » Et voilà, c'était pas plus compliqué. Et pourtant, bon sang, ça l'était.

Les mois passaient et je restais au bord du plongeoir à regarder la surface de l'eau, en essayant de me raisonner. « Qu'est-ce que tu risques ? je me disais. Après tout, tu risques rien. Tout ce que tu risques, au pire, c'est qu'elle se foute de toi. Qu'elle te regarde de haut et qu'elle éclate de rire. Que les enfants aussi, peut-être, alors, se mettent à rire, bêtement, sans même savoir pourquoi, et que, du coup, par contagion, d'un bout à l'autre de l'abattoir, tout le monde se tape sur les cuisses en te montrant du doigt. Et voilà. C'est tout. Et alors ? À part ça, qu'est-ce que tu risques ? »

Je me trouvais assez convaincant. « C'est vrai, ça, finalement, je me disais. C'est ridicule. T'as rien à perdre. » Alors j'attendais sa prochaine visite, bien déterminé, cette fois. Et le jour venu, j'attendais le moment idéal. Mes battements de cœur devenaient des roulements de tambour. Je comptais jusqu'à trois avant de me lancer. Et puis je recomptais. Et je recomptais encore une dernière fois. Et puis comme d'habitude, égal à moi-même, je la laissais repartir sans rien oser lui dire.

Ça m'empêchait pas, heureusement, de passer avec elle des moments inoubliables dont elle ne se doutait même pas. Des balades à n'en plus finir le long du chemin de fer, à se raconter nos vies pendant qu'elle cueillait les fleurs qui poussaient au bord des voies. Au passage des trains de marchandises, on s'amusait à essayer de compter tous les wagons sans jamais y parvenir. On allait dans les bosquets alentour ramasser des enjoliveurs.

– Tu vois, là, je lui disais, juste derrière la haie, y a un gars de chez nous qui est venu en voiture, y a pas si longtemps, et qui s'est garé là. Juste là, tu vois... Et puis il s'est mis un coup de fusil dans la tête.

– Mon Dieu ! elle s'écriait, c'est horrible !

Je la prenais dans mes bras.

– Il est pas mort sur le coup, j'ajoutais, parce que la balle lui est passée juste à côté du cerveau. Il paraît qu'il est resté comme ça des jours à agoniser.

Elle disait plus rien. Je la sentais bouleversée. Je la serrais plus fort encore.

– Ça va ? je lui demandais.

– Ça va.

– Tu veux rentrer ?

– Oh non, je suis bien.

Alors on poursuivait jusqu'à la décharge. Des parfums d'enfance me revenaient en mémoire. Je lui racontais les vieux pansements qu'on ramassait et avec lesquels on se faisait des chewing-gums au goût pas très frais. Je lui racontais le jour où avec les copains, on a trouvé un corps à moitié calciné, par là-bas, dans les mûriers.

Je l'entendais plus.

– T'es pas fatiguée ? je m'inquiétais.

– Pas du tout.

– Pas mal aux pieds ?

– Ça va.

On continuait encore jusqu'à la tombée de la nuit. On finissait par un bain à la station. On en ressortait visqueux comme des anguilles et on trouvait ça drôle. On était seuls au monde. On était bien.

Puis on rentrait, enlacés, dans l'obscurité, par le même chemin. Quand on passait à côté de la haie du drame, qu'on entendait un bruit dans les branchages, elle sursautait et s'agrippait à moi. « C'est le suicidé, je lui disais. Il arrive pas à mourir. » Il lui en fallait pas plus pour s'enfuir en poussant des cris d'effroi. Je la rattrapais pour la prendre dans mes bras.

– T'as pas froid, au moins ? je lui demandais.

– Un peu… Mais je suis bien.

À force de m'inventer des souvenirs avec elle, je finissais par y croire à notre histoire, ce qui ne m'encourageait pas à lui parler, curieusement. Au contraire, j'étais même de moins en moins décidé. On était heureux, comme ça, bien au chaud dans ma tête. On pouvait pas être mieux. Alors à quoi bon ?

Et puis ce que je redoutais est arrivé. À la longue, forcément, les enfants se sont lassés des sorties à l'abattoir. Les visites ont cessé d'un jour à l'autre et je l'ai plus revue.

J'ai plus jamais ressenti pour qui que ce soit ce que j'éprouvais pour elle. Jamais plus depuis je ne me suis dit : « C'est un beau métier que tu fais là », jamais plus je n'ai embrassé la grand-mère le matin en partant, jamais plus je n'ai pensé que c'était un joli petit coin par ici. Je me demande d'ailleurs comment une idée pareille a pu un jour, ne serait-ce qu'une seconde, me traverser l'esprit.

Pour ce qui est du reste, aujourd'hui, question chaleur humaine, je m'arrange avec une fille de la découpe qui est dans le besoin, elle aussi, en matière de frissons, et que je raccompagne chez elle, de temps en temps, à la sortie du boulot, jusqu'à l'intérieur d'elle-même.

Et puis il y a les filles de la salle de pause, sur qui on peut toujours compter pour nous remonter le moral et que je vais voir de temps en temps pour les garder en mémoire.

Elles me tiennent chaud, la nuit, au fond de mon lit peuplé de cadavres.

Parfois je me demande comment ils feraient les types si j'étais pas là. Je veux parler des pilotes qui ont bien du mal au décollage, souvent, quand on n'y voit pas grand-chose, comme aujourd'hui, et que le vent s'en mêle en plus. Une fois sur deux, ça passe tout juste au ras des lignes et des pylônes. C'est pour ça que, pendant la pause, si je peux rendre service, j'hésite pas.

Quand y a pas de raison de s'en faire, ça se voit tout de suite. La vitesse est bonne, le nez se lève lentement, sans forcer, y a de la marge, le bout de la piste est encore loin et l'avion décolle tranquillement, en souplesse. Dans ces cas-là, je suis pas inquiet, je laisse faire les professionnels, je me dérange pas. Mais il y a des fois, par contre, c'est pas gagné d'avance, alors je préfère m'en mêler.

Y en a un qui me fait des frayeurs à tous les coups – je suppose que c'est toujours le même –, je reconnais son style, cette manière qu'il a de lever son appareil systématiquement au tout dernier moment, tout au bout, tout au bout de la piste. C'est à se demander s'il a pas des absences.

À chaque fois, je me dis que c'est trop tard, qu'il y arrivera pas, c'est pas possible. Je me dis qu'il faut qu'il se réveille ou alors il va tout emporter avec lui, les lignes et les pylônes, nous et l'abattoir, et les usines derrière. « Il va finir dans les choux ! je hurle à Bortch. Il est trop juste ! » Je serre les dents, je ferme les yeux, je rentre la tête dans les épaules, et, *in extremis* alors, l'avion se cabre et parvient à s'arracher au sol, péniblement.

Pour l'aider, je lui fais de grands gestes, les bras tendus, les pouces en l'air. « Monte, monte, monte, monte, je lui dis, encore, encore, encore, vas-y, vas-y, encore un peu… C'est bon, ça passe ! » Mais tout juste. J'en ai des sueurs froides et des tremblements dans tous les membres. Encore une fois, il me faudra la journée pour m'en remettre.

Bortch, lui, pendant ce temps, il bougerait pas son cul. Il reste assis là, tranquillement, à se curer le nez, intensément concentré sur le travail de son index. En plus, il se fout de moi, il dit que ça sert à rien que je m'agite, qu'ils me voient même pas les types de là-haut et que, de toute façon, ils savent bien ce qu'ils ont à faire et qu'ils ont pas besoin de mon aide.

– Peut-être bien que t'as raison, je lui réponds. Mais peut-être aussi qu'ils comptent sur moi et qu'ils me cherchent des yeux à chaque fois. Va savoir… Alors, dans le doute, je vais quand même pas les laisser tomber. T'imagines pas les conséquences…

La chaîne s'est interrompue. C'est à l'abattage que ça coince. Comme ça redémarre pas, je me dis que je vais aller voir ce qui se passe.

Quand je m'approche, ils sont déjà quatre avec Bortch autour d'un bœuf qui refuse de s'effondrer malgré le petit trou qu'on vient de lui faire dans le crâne. Ils le regardent tous d'un air effaré. Ils en reviennent pas, ils ont jamais vu ça.

Simonin examine le pistolet de près, jette un œil dans le canon – je le mets en garde, le coup pourrait partir – pendant que Pignolo fourre son index dans le trou pour voir ce qu'il en est, exactement. Ils y comprennent plus rien du tout. Ils en finissent pas de secouer la tête.

– C'est pas un peu trop haut, des fois ? demande Pignolo en se grattant la nuque.

– Bien sûr que non, lui répond Simonin. Mais je veux bien ressayer un poil plus bas si tu veux.

– J'en sais rien, moi, je te dis ça comme ça.

Une seconde fois, alors, il applique le pistolet sur le crâne de l'animal et presse immédiatement la détente. Le bœuf sursaute, secoue violemment la tête, mais reste inébranlable.

– C'est pas possible ! s'exclame Simonin qui commence à perdre son sang-froid.

Pignolo inspecte le second impact. Le bœuf nous regarde avec de grands yeux, inquiet sans doute, à juste titre, de voir autant de monde se pencher sur lui.

– Je veux pas t'emmerder, demande Pignolo, mais t'es sûr que t'es pas un chouïa trop bas, maintenant ?

– Tu te fous de moi ou quoi ? ! lui répond Simonin. Depuis le temps que je fais ça ! Mais je veux bien t'en faire un entre les deux si ça te fait plaisir.

– Écoute, fais comme tu veux, mais tu vois bien qu'il y a un problème !

Simonin, excédé, recharge le pistolet d'une main tremblante, le pose une troisième fois sur le front de la bête et appuie sur la détente.

Le bœuf réagit autant qu'à une piqûre de taon. On dirait même qu'il s'y fait, petit à petit.

Je vois Simonin blêmir.

Zerbi s'en mêle alors et propose d'en finir en le saignant tout de suite, mais Bortch est pas d'accord. Je suis d'accord avec Bortch.

– Attends, laisse-moi essayer, tu veux ? fait Pignolo en pressant son collègue de lui confier le pistolet.

Tout va très vite, il perd pas de temps. Son geste est précis. Une nouvelle détonation claque et le bœuf pousse un long beuglement. Mais c'est toujours pas son dernier soupir, c'est juste une protestation, un mal de crâne qui s'installe, sans doute. Rien de surprenant.

Et voilà que « Cause toujours » se ramène en nous traitant d'incapables. En quelques gargouillements, il prend la situation en main. Il fait dégager tout le monde et s'approche de l'animal pour l'examiner attentivement.

– Qu'est-ce qu'il dit ? demande Zerbi qui est le moins bien placé pour le comprendre.

– Il dit qu'on est qu'une bande d'imbéciles, lui traduit Simonin.

– Et maintenant ?

– Il dit qu'on a fait ça comme des porcs et qu'il va s'en charger lui-même si on est pas capables de faire les choses proprement.

– Et là, qu'est-ce qu'il vient de dire ?

– Il me demande si je vais pas bientôt fermer ma gueule.

Puis « Cause toujours » remonte ses manches, arrache le pistolet des mains de Pignolo et nous ordonne d'immobiliser la tête de l'animal. On s'y met tous. Simonin l'attrape fermement par les cornes. Pignolo fait la même chose de l'autre côté pendant que Bortch et Zerbi cherchent une autre prise de face. Moi je pose les mains où il reste encore un peu de place et je fais semblant de tenir.

« Cause toujours » nous adresse un regard pour nous faire comprendre qu'il est prêt et qu'il va y aller. Mais au moment où il s'apprête à presser la détente, l'animal donne un brusque coup de tête qui surprend tout le monde et nous bouscule, et fait riper le canon du pistolet. Le coup part, mais la bête reste impassible. Pas la moindre réaction, cette fois, pas même un soubresaut, un tout petit beuglement.

On relâche nos efforts et on se regarde tous. Sauf Pignolo qui regarde plus personne et qui s'affaisse aux pieds du bœuf.

Quand il est question d'aller voir la veuve pour lui annoncer la nouvelle, évidemment, c'est sur moi que ça tombe sous le prétexte que le directeur est pas là aujourd'hui, que le sous-directeur est débordé, que « Cause toujours », c'est pas pensable, vu qu'il est incompréhensible, que je suis l'un des plus anciens, et que je suis celui qui le connaissait le mieux, finalement. Et puis, paraît-il que j'habite tout près de chez elle. Ce qui fait pas mal de bonnes raisons pour que ce soit moi qui y aille.

« Je viens avec toi », me dit Bortch dès qu'il apprend qu'on m'envoie là-bas. Même si je soupçonne que c'est pour rentrer plus tôt qu'il se dévoue, ça fait quand même plaisir de pas être seul dans des situations aussi délicates. Je le remercie bien de vouloir m'accompagner. Il me répond que c'est normal. Et nous voilà partis.

La veuve Pignolo, elle habite au dix-septième étage d'une tour, de l'autre côté de la ville. Y a pas plus à l'opposé de chez moi. Allée 23, bâtiment U, appartement 537. On l'a noté sur un petit papier pour s'en souvenir.

En chemin, on reparle longuement de l'accident, du pauvre Pignolo qui était encore vivant pas plus tard que ce matin et qui est plus de ce monde à l'heure qu'il est.

– C'était vraiment un chic type, hein ? je fais à Bortch un peu pour voir ce qu'il en pensait, lui.

– C'est sûr, il me répond, un gars comme on n'en fait plus.

Mais y a pas vraiment d'enthousiasme dans nos éloges. Le ton y est pas. Ça manque de conviction et ça se sent bien.

C'est comme ça que, de fil en aiguille, on se lâche un peu et on est bien forcés de reconnaître que le fait de mourir, ça rend les gens tout de suite plus sympathiques, et on finit par s'avouer qu'en fait on l'aimait pas trop, ni l'un ni l'autre. C'est même peu dire, on pouvait pas le sentir, vu que c'était quand même une belle enflure. Toujours le premier pour les coups tordus. Un sacré faux cul.

– Un beau saligaud, en fait, ce Pignolo, conclut Bortch.

– Si la veuve pense comme nous, je lui fais remarquer, ça devrait pas trop mal se passer.

– Évidemment qu'elle pense comme nous, il me répond. Sûr qu'il devait la cogner, cette brute, quand il rentrait bourré. Tu vas voir qu'elle va nous sauter au cou en apprenant la nouvelle.

– Ça on peut pas le savoir, je lui fais, faut pas s'emballer. On va pas aller insulter le défunt devant la veuve. On est tenus à une certaine réserve, quand même. Et puis on peut pas le juger comme ça, je lui dis encore. Peut-être bien que l'expérience de la mort, ça l'aurait complètement transformé s'il avait survécu. Et peut-être que ce serait devenu un type extra.

– C'est ce qu'il faut se dire, t'as raison, reconnaît Bortch.

– Pauvre Pignolo. C'était pas le mauvais bougre.

– Si brusquement…

Comme on approche, tout doucement, on commence à se demander de quelle manière on va s'y prendre pour lui annoncer, comment on va bien pouvoir lui dire. C'est pas facile, faut y aller en douceur, on s'est jamais trouvés dans une telle situation, alors on essaie de se préparer un peu, on cherche les mots qui pourraient convenir, les formules de circonstance.

Je me dis que je vais d'abord lui annoncer qu'elle va toucher une petite rente. Ça va lui faire plaisir. Elle me demandera pourquoi. Alors seulement je lui dirai ce qui est arrivé et ce sera sûrement moins dur à avaler. Bortch est pas convaincu. Il voit ça d'un ton beaucoup plus solennel, lui, quelque chose du genre : « Madame Pignolo, votre époux est mort en héros. – Faut rien exagérer », je lui réponds. Et puis on essaie tout ce qui nous passe par la tête : « Madame Pignolo, on n'a pas une bonne nouvelle. » « Madame Pignolo, on a une mauvaise nouvelle. » « Madame Pignolo, il va falloir être forte. » « Madame Pignolo, votre mari a pas eu de veine. » « Madame Pignolo, vous allez rire… » « Madame Pignolo, il a plu à Dieu… » « Madame Pignolo, devinez ce qui nous amène ? » Et finalement, comme on arrive pas à tomber d'accord, on se dit qu'on avisera sur place, et qu'en situation on saura bien trouver les mots. Le plus sobre sera le mieux.

– T'auras qu'à me laisser faire, me dit Bortch, si ça t'embête.

– Je te remercie, je lui réponds, mais je préfère m'en charger.

En arrivant au pied des tours, plus moyen de retrouver le petit papier sur lequel on a griffonné l'adresse. Bortch me jure qu'il me l'a donné juste après qu'on est partis et moi je mettrais ma main à couper que je le lui ai rendu.

On perd donc une bonne demi-heure à faire systématiquement tous les bâtiments, absolument identiques les uns aux autres, jusqu'à ce qu'enfin on trouve un Pignolo sur une boîte aux lettres.

Dans le hall de l'immeuble, on nous fait comprendre qu'il y a un droit de passage à payer. On y laisse nos portefeuilles mais, en négociant, on arrive à garder nos chaussures qu'on accepte bien volontiers de céder en repartant. On découvre que l'ascenseur est en panne, on se farcit tous les étages par l'escalier de secours, dans le noir. On arrive au dix-septième. On sonne à plusieurs portes, on annonce la nouvelle par erreur successivement à deux épouses éplorées, on se rend compte de la confusion, on s'excuse pour les émotions et le dérangement. Et enfin, on sait même pas comment, presque par hasard, on se retrouve devant la bonne porte, incontestablement, puisque sur la sonnette il y a écrit « Pignolo ». C'est alors que Bortch retrouve le papier avec l'adresse et me confirme que c'est bien ici. Appartement 537. On sonne.

On doit réveiller le chien qui accourt en aboyant et se jette contre la porte qui s'entrouvre quelques secondes plus tard sur le visage méfiant d'une femme qui nous détaille de la tête aux pieds. On vérifie bien qu'on a affaire à la bonne personne cette fois. Et puis on se présente en lui disant qu'on est des collègues de son mari. Elle nous répond qu'il est pas encore rentré. Du coup, je sais plus quoi dire. Je pensais que nos visages graves suffiraient à lui faire comprendre. Je trouve pas les mots pour enchaîner. Je me tourne vers Bortch qui dit rien non plus. Alors j'improvise, ça me vient comme ça, je lui demande si on peut l'attendre. Je vois bien que ça l'embête et elle hésite un peu, d'abord, mais, comme on lui inspire confiance, elle accepte de nous faire entrer.

Elle nous fait asseoir au salon et nous dit qu'il va plus tarder. C'est à ce moment-là que je devrais en profiter pour lui annoncer qu'il rentrera plus, mais j'y arrive pas. En plus, je dois reconnaître qu'elle me trouble. C'est une femme qui a de l'allure et je me dis qu'il devait quand même bien avoir quelques qualités, Pignolo, pour l'avoir séduite et affublée d'un nom aussi ridicule. Nous qui l'avons si souvent vu nu sous la douche, ça sautait pas aux yeux, en tout cas, ou alors c'étaient des qualités de cœur.

Peu à peu elle se détend. Nous parlons de choses et d'autres. Nous rions de bon cœur lorsqu'elle nous avoue qu'elle nous a d'abord pris pour des représentants.

Elle nous propose une petite liqueur que fait son mari à base de feuilles de pêcher qu'il fait macérer dans de l'eau-de-vie. « C'est très doux », nous dit-elle. On accepte volontiers. Après l'avoir goûtée, ce serait l'occasion de lui dire qu'il en fera plus et que c'est bien dommage parce qu'elle est vraiment très bonne. Mais, encore une fois, les mots me restent au bord des lèvres.

Avec Bortch, on se fait de petits signes discrets. Il écarquille les yeux, je lui réponds par une grimace.

De temps en temps elle nous laisse seuls de courts moments.

– Alors ? il me fait. Qu'est-ce que t'attends, bon sang ?

– Tu crois que c'est facile ? je lui réponds. T'as qu'à lui dire, toi.

– Certainement pas !

Puis elle réapparaît en s'excusant, plus gracieuse encore que la minute précédente.

On s'extasie devant ses bibelots, on la complimente sur son intérieur. Elle nous demande si on a vu le balcon et nous y emmène pour admirer la vue. « C'est à la tombée du jour que c'est le plus beau », nous dit-elle. Et c'est vrai que le panorama est impressionnant. On voit les pistes illuminées de l'aéroport qui brillent au loin et que j'avais jamais vues comme ça. On voit même la tour de contrôle. On devine l'abattoir, là-bas, et les tours de refroidissement de la centrale à l'horizon.

Je regarde décoller quelques avions. On reste silencieux et contemplatifs, tous les trois, un long moment. Elle se tient à côté de moi et je respire son parfum. Je l'imagine s'asseoir sur mon visage.

On reste encore un petit moment dehors parce qu'elle nous dit qu'on devrait voir arriver son mari d'une minute à l'autre. Et puis comme c'est pas le cas – ce qu'elle commence à trouver un peu bizarre –, on rentre et elle nous ressert un petit verre de liqueur.

On se retrouve derrière une pile d'albums photos qu'elle nous commente un à un en détail, pendant que Bortch bâille avec insistance en tapotant le cadran de sa montre de son index pour me faire comprendre qu'à cette heure-ci, normalement, on serait déjà rentrés depuis longtemps.

Elle nous fait voir la collection de timbres de feu Pignolo dont il est, paraît-il, particulièrement fier. Je fais des efforts pour prendre un air intéressé malgré les coups de pied dans les tibias que m'envoie Bortch sous la table.

C'est vrai que ce serait le moment où jamais en refermant le dernier album de lui annoncer que c'est bien triste mais que cette précieuse collection s'arrêtera là. Mais, une fois de plus, j'en suis bien incapable.

Et puis on finit tous les trois face à la télé devant l'émission que Pignolo regarde tous les jours et qu'il manquerait pour rien au monde. C'est justement ce qui l'inquiète un peu, sa veuve, qu'il soit pas encore rentré à cette heure-ci, ce qui est vraiment pas dans ses habitudes.

Alors au lieu d'en profiter pour lui dire que c'est une belle émission qu'il ne regardera plus, je sais pas ce qui me prend, je me mets à la rassurer en lui disant de pas s'en faire parce qu'il devrait plus tarder.

Bortch tente de venir à ma rescousse :

– Il a dû être retenu par un bœuf qui voulait pas mourir, nous dit-il.

– Probablement, je lui réponds, mais sans parvenir à saisir la balle au bond.

C'est à ce moment-là qu'il se rend compte que c'est peine perdue et que j'y arriverai jamais. Il perd subitement ce qui lui restait de patience et se lève sans me prévenir : « On va pas vous embêter plus longtemps, madame », lui dit-il. Et il la remercie bien pour la liqueur et les petits biscuits. Du coup, j'ai pas le choix, je suis bien obligé de me lever moi aussi.

« Je lui dirai que vous êtes passés », nous dit-elle en nous raccompagnant jusqu'à la porte. C'est ma dernière chance de me rattraper : « Ah oui, on a failli oublier… », ou alors : « On oubliait le principal… », ou bien encore : « Où avions-nous la tête ?… » C'est délicat, mais je peux encore y arriver. Je m'apprête à le faire, mais elle me coupe la parole en nous disant qu'elle a été ravie de faire notre connaissance. Je lui réponds que tout le plaisir était pour nous. Et on se retrouve sur le palier. Maintenant c'est trop tard. Et la porte se referme.

Bortch me dit pas un mot et s'en va sans m'attendre. Je le rattrape et on redescend par l'escalier de secours, toujours dans le noir, avec une extrême prudence. Dans le hall, on laisse nos chaussures comme promis et la montre de Bortch qu'on nous demande en prime, parce qu'on est restés plus longtemps que prévu.

Dehors, je vois qu'il manque les roues à mon vélo. « Tiens, je me dis, j'ai perdu les roues… Et puis la selle aussi. » Je le détache de son poteau et je le prends sur l'épaule. Je cours derrière Bortch qui veut décidément pas m'attendre. Je lui dis que c'est pas la peine de tirer cette tronche, qu'après tout c'est pas si grave et qu'on aura qu'à revenir demain à la première heure. Il me répond pas.

À mi-chemin, il a toujours pas prononcé le moindre mot. Je m'apprête à lui demander s'il compte me faire la gueule encore longtemps. C'est alors qu'on tombe sur une meute de chiens.

On s'enfuit chacun de son côté.

Jamais je ne passe près de la casse sans faire un petit détour pour aller voir le vieux Coppi. J'ai souvent une petite bricole pour lui, ça lui fait plaisir.

– Je vous ai rapporté des rognons, je lui dis, je sais que vous les aimez bien.

– C'est gentil, il me répond, mais fallait pas, j'ai besoin de rien.

Et puis on se met à discuter un peu. Il me demande de lui raconter l'abattoir, nos petites histoires. Il aime bien ça. Il sait de quoi je parle. Il y a travaillé, lui aussi, il y a longtemps, jusqu'à son accident.

Ça fait pas très longtemps qu'il s'est installé ici. Avant, il habitait le poste de transformation. J'allais lui rendre visite là-bas, déjà, assez régulièrement. Il fallait voir ça, c'était pas gai.

Quand je le trouvais pas dehors, je frappais à la porte en fer, sous le panonceau « danger de mort » et les « consignes d'assistance aux électrisés ». Il me faisait entrer en veillant bien à ce que je redouble de prudence. « Surtout, touche à rien, il me disait, fais bien comme moi, longe le mur et touche à rien. »

On peut pas vraiment dire que c'était coquet chez lui, qu'il était bien installé. Y avait qu'un vieux tabouret sur lequel il passait le plus clair de son temps et une petite table de camping qui lui servait à poser son coude, la journée, ou sa tête à la nuit tombée.

C'était pas vivable, les champs magnétiques, le bourdonnement perpétuel des transformateurs, ça pouvait pas durer, être obligé sans cesse de faire attention à ses moindres gestes, impossible de s'étirer, ou d'éternuer, même, sans risquer la décharge. Il fallait voir sa tête à l'époque, il avait vraiment pas bonne mine. Je me faisais du souci pour lui et je le lui disais souvent.

« Quand j'y repense, je lui fais, vous êtes quand même bien mieux à la casse que là où vous étiez avant. » Il en convient, il reconnaît que c'est une aubaine d'avoir pu s'installer ici, mais, en même temps, il dit qu'il a un peu de mal à se sentir chez lui. Constamment obligé de ramasser ses affaires et de changer d'épave, c'est pas facile non plus à son âge.

Malgré tous les inconvénients du poste de transformation, il trouve qu'il était quand même plus tranquille là-bas, moins dérangé tout le temps, comme ici, par le bruit des engins, le grincement de la tôle, le fracas des carcasses qu'on empile ou qu'on écrase.

– Même le bourdonnement des transformateurs, tu sais, je m'y étais fait à la longue. Je commençais à trouver que ça ressemblait au bruit des cigales. Et puis, là-bas, au moins, j'avais l'électricité.

– Vous regrettez pas d'être parti, quand même ? je lui fais.

Il me répond par une petite grimace qui en dit long.

On a pris place sur la banquette arrière de la carcasse qu'il occupe en ce moment. C'est un peu exigu, surtout de mon côté où le toit est entièrement enfoncé, ce qui fait que je suis obligé de me recroqueviller complètement, la tête posée sur mes genoux. En me voyant si peu à l'aise, il s'excuse de me recevoir dans de telles conditions.

– Tu serais venu me voir il y a quelques jours, on aurait été mieux. J'étais installé dans un fourgon, par là-bas, de l'autre côté. Y avait de la place pour dix, on aurait pu danser. Et puis y avait pas tant de courants d'air, non plus. La semaine d'avant aussi, j'étais pas trop mal, d'ailleurs. Je m'étais dégotté une grande berline, vitres teintées, intérieur cuir et tout le tremblement. Mais j'ai pu y rester que deux jours. Je peux jamais prévoir.

Je lui réponds qu'on est bien, là, et qu'il doit pas s'en faire.

Et puis au fil de la conversation, inévitablement, il peut pas s'empêcher de me reparler de son accident, de me raconter encore une fois dans les détails comment c'est arrivé.

Et comme toujours, il finit par les mêmes recommandations :

– Fais bien attention, toi, surtout, avec la fendeuse de tête. Méfie-toi de cette machine, vraiment. Touche à rien si ça coince, fais pas comme moi, va pas chercher à quoi ça tient. Regarde le résultat maintenant ! Non mais regarde un peu le travail ! Je sais même plus combien d'opérations pour me refaire cette gueule-là ! Est-ce que ça valait bien la peine ? Je te le demande. Et tu sais ce qu'ils m'ont dit ? Tu sais ce qu'ils ont pas arrêté de me répéter ? Que j'avais eu vraiment de la chance et que c'était un vrai miracle que je m'en sois tiré. De la chance ! Tu parles ! Il faut l'entendre, ça ! Non mais t'as vu un peu ma gueule ? !

– Ça se voit pas trop, je lui réponds, pour essayer de le réconforter, même si, à vrai dire, il faut avoir le cœur bien accroché pour le regarder en face.

Il reprend :

– Tu peux pas savoir les réflexions que j'ai dû supporter en plus.

Et d'une voix niaise :

– « Mais pourquoi t'as été fourrer ta tête là en dessous ? » « Mais comment que t'as fait pour aller mettre ta tête là en dessous ? » « Mais comment tu t'y es pris ? » « Mais comment t'as pu ? » « Mais tu l'as fait exprès ou quoi ? »

Je pousse un soupir de consternation.

– Et tu sais que le cerveau a été touché, il ajoute, je te l'ai déjà dit. Ils ont fait ce qu'ils ont pu, mais ils ont quand même été obligés de m'en retirer la moitié. Je sais pas si tu vois… On s'imagine pas à quel point c'est important comme organe. C'est seulement quand il t'en manque un morceau que tu t'en rends compte. Ce que j'en bave, aujourd'hui encore, à cause de ça, tu peux pas imaginer. C'est pas possible.

Puis il décrète qu'il s'est assez lamenté comme ça.

Il me demande encore des nouvelles de ses anciens collègues dont il m'énumère les noms. Il y a ceux qui sont morts et ceux qui y sont encore.

Quant à moi, je lui dis que je vais sans doute m'en aller bientôt, mais que je sais pas exactement quand, qu'il faut d'abord que je m'organise et que j'en parle à la grand-mère qui est même pas encore au courant.

– Comme je te comprends ! il me fait. J'étais comme toi, moi, à ton âge. Exactement comme toi. Si j'avais pas eu cet accident, moi aussi j'aurais fini par aller voir ailleurs.

Et puis je m'aperçois qu'il est déjà tard. J'ai peur que la grand-mère s'inquiète.

– Il faut que j'y aille, maintenant, je lui dis. Ça m'a fait bien plaisir de vous trouver en forme. Je repasserai vous voir un de ces jours.

Il me raccompagne jusqu'au trou dans le grillage par lequel il faut passer pour venir lui rendre visite discrètement. Au moment de se séparer, il me souhaite bonne chance et me serre dans ses bras comme un fils.

– Si des fois, on se revoit pas…, il me fait.

Je lui réponds que je vais quand même pas m'en aller demain et que, quoi qu'il en soit, je partirai pas sans venir lui dire au revoir.

– On sait jamais, il me dit, c'est peut-être moi qui m'en irai avant toi.

Je prends un air intrigué.

– Tu sais, il reprend, je me fais pas d'illusions. Je vais pas toujours m'en tirer comme ça. Ils finiront bien par m'avoir pour de bon. Un beau jour, je serai moins vigilant que d'habitude, ou ce sera peut-être un matin et je dormirai encore, j'aurai pas le temps de quitter ma carcasse, et alors on me jettera là-bas dans la presse. Comme toutes les épaves. Voilà ce qui m'attend.

– Faut pas dire ça ! je lui fais.

Il me répond par un haussement d'épaules désabusé.

– Je reviendrai vous voir bientôt, je lui dis.

Et j'enfourche mon vélo.

– Sois prudent ! il me lance encore. Et surtout, méfie-toi de la fendeuse de tête !

Il y a toujours une heure qui n'en finit plus. Elle ressemble à toutes les autres, si bien qu'on s'en méfie pas. Et puis on se prend les pieds dedans et on s'y enlise doucement. On aperçoit la rive de l'autre côté, et pourtant il nous semble qu'on n'y arrivera jamais. On a beau se démener, on dirait même qu'on s'en éloigne au fur et à mesure que le temps passe.

Pendant que les secondes nous collent aux semelles, qu'on se traîne chaque minute comme un boulet, dehors, on s'imagine que les jours et les nuits défilent, que les saisons se succèdent et qu'on nous a oubliés là.

Je m'essuie le front du revers de la main. J'essaie de capter le regard de Bortch, là-bas, pour voir s'il s'en est rendu compte, lui, qu'on est en plein marécage. J'essaie d'attirer son attention, mais rien n'y fait, il ne me remarque pas.

J'ai beau m'efforcer de regarder ma montre le moins souvent possible, la trotteuse avance aussi péniblement que la petite aiguille. Je me demande bien comment on va se tirer de cette mélasse. Plus on s'agite et plus on s'y englue. Peut-être bien qu'elle finira jamais cette journée.

Et soudain toutes les lumières s'éteignent. Les machines s'arrêtent. Je me dis que cette fois, ça y est, c'est fichu, le temps s'est figé pour de bon. Et alors c'est un grondement terrible qu'on entend, prolongé d'un sifflement qui s'éloigne et s'achève au loin par un coup de tonnerre d'une telle force que tout le bâtiment en tremble. « Nous y voilà, je me dis. C'est donc maintenant, la fin du monde. » Et puis un silence pesant se pose sur nous. On se cherche des yeux dans la pénombre. On entend plus que quelques beuglements inquiets.

Le temps de réaliser que c'est un avion qui vient de nous raser et je me précipite dehors.

Du parking, la première chose que je vois, ce sont les lignes électriques rompues qui se balancent après les pylônes dans des gerbes d'étincelles. De l'autre côté de l'abattoir, le ciel est rouge. Je fais le tour du bâtiment en courant. Une colonne de fumée noire mêlée de flammes s'élève au loin, là-bas, derrière les maisons.

Bortch me rejoint en courant, suivi de tous les autres.

– De quel côté il est tombé ? il me demande.

– Je sais pas, je lui réponds, j'ai du mal à me rendre compte.

Je grimpe sur le toit d'une voiture pour essayer d'y voir un peu mieux.

– Alors ? me demande Bortch.

– C'est difficile à dire…

– À vue de nez, il me fait, on dirait que c'est pas très loin de chez toi, non, ou je me trompe ?

Sur le coup j'ai aucune réaction. Je continue à regarder la fumée s'élever droit dans le ciel. Et puis je ressens un très long pincement au cœur. Je redescends prudemment de la voiture.

– Qu'est-ce qu'il y a ? me demande Bortch qui croise mon regard à ce moment-là.

Je lui réponds pas. Je me dirige tout droit vers la sortie du parking, d'abord en marchant lentement, et puis je presse le pas et je m'en vais en courant, finalement, sans même penser à prendre mon vélo.

Tout au long du chemin, j'ai bien le temps d'imaginer le pire. Je me dis qu'elle a beau être increvable, la grand-mère, s'il lui est tombé dessus, cet avion, elle s'en relèvera pas. Et même s'il l'a juste effleurée du bout de l'aile, elle doit être dans un drôle d'état, maintenant.

Je m'arrête souvent pour récupérer. Plus j'approche, plus il y a de débris de toutes sortes qui jonchent le sol. Je dépasse quelques curieux qui marchent dans la même direction que moi. De petits groupes de gens se rassemblent sur les trottoirs. Je perçois des bribes de leurs conversations. Je fais pas attention à ce que j'entends. Je poursuis mon chemin.

J'ai cessé de courir, maintenant. J'en peux plus. De temps en temps, encore, je presse le pas. Je suis tout près de chez moi, et ce qui est plutôt rassurant, c'est qu'il me semble que la fumée s'élève d'un peu plus loin encore. J'ai tout de même peur que son cœur n'ait pas tenu le coup et qu'elle soit morte de frayeur.

Et me voilà enfin dans ma rue. D'ici, je vois très nettement que c'est du côté du château d'eau, à au moins cent mètres de chez nous encore, que l'avion s'est écrasé. Mais je ne suis vraiment complètement soulagé que lorsque, de loin, j'aperçois la maison toujours debout, et la grand-mère bien vivante qui se tient devant la porte et scrute le ciel comme si elle en attendait quelque chose.

– Tu rentres tôt, elle me fait, en me voyant arriver.

– Comment tu vas ?! je lui demande, sidéré par son calme.

– Viens voir ! elle me dit. Viens voir ça !

Et elle m'entraîne dans la maison.

On entre dans la cuisine.

– Regarde un peu ce qui est tombé du ciel ! elle s'exclame.

Une grande valise pleine de vêtements est ouverte sur la table. Il y en a encore deux autres, en piteux état, par terre, et un sac de voyage posé sur une chaise.

– Qu'est-ce que c'est ? je lui demande tout en ayant peur de comprendre.

– Ça a fait un de ces bruits ! elle me dit. Et puis juste après, ces deux-là ont traversé le toit. Celle-ci, je l'ai trouvée devant la porte, et le sac, un peu plus loin dans la rue. Il y en a sûrement d'autres, il faut que j'aille voir ça.

Je prends une chaise et je m'affale dessus.

– J'ai commencé à faire le tri, elle reprend. J'ai encore rien trouvé à ma taille, mais y a un beau costume pour toi. Tu devrais l'essayer, elle me fait, en me montrant ce qui m'a tout l'air d'être un uniforme de pilote.

Je sais plus quoi dire. Je reste là à la regarder.

– Tu pourrais peut-être le mettre pour aller travailler, t'aurais l'air moins cloche.

Je ne l'écoute plus.

C'est bête, mais je peux pas m'empêcher de penser que si j'avais été là sur le parking au moment du décollage, si j'avais pu faire signe au pilote que c'était trop juste et que ça passerait pas, peut-être bien qu'on n'en serait pas là.

– Pour une fois qu'il y a quelque chose d'intéressant qui nous tombe dessus..., elle ajoute encore, tout en farfouillant dans la valise comme si elle faisait les soldes.

Mais faut pas lui en vouloir, surtout, c'est pas de sa faute. Moi je lui en veux pas. Je crois pas qu'elle se rende compte. Elle a plus toute sa tête.

Je me lève et je quitte la cuisine. Elle le remarque même pas. Elle est bien trop occupée.

La journée est pas finie. Je veux pas d'ennuis. Je retourne bosser.

– T'as déjà vu une boîte noire, toi ? je demande à Bortch.

– Une quoi ? il me fait.

– Une boîte noire.

– Ah oui… une boîte noire… non non, jamais.

– Eh ben, c'est pas noir.

– Ah oui ?

– Non, c'est pas noir, c'est orange.

– C'est bizarre, ça… Alors pourquoi ils appellent ça une boîte noire ?

– J'en sais rien… Parce que c'est plein de malheur, sans doute.

– C'est peut-être pour ça, t'as raison. C'est sûrement pour ça, même.

– Et tu sais ce qu'il y a écrit dessus ? je lui demande encore.

– Non… Je savais même pas qu'y avait des trucs écrits dessus.

– Y a écrit : « Flight recorder. Do not open. »

– Y a écrit quoi ?

– « Flight recorder. Do not open », je répète en articulant bien et pas peu fier d'y arriver.

– Ah ben tu vois, je savais pas. En tout cas, tu le prononces drôlement bien.

– Tu sais ce que ça veut dire, au moins ?

– De quoi ?

– « Flight recorder. Do not open. »

– Je sais pas, non. Aucune idée…

– Alors pourquoi tu me le demandes pas ?

– Ben parce que je m'en fous, il me répond du tac au tac.

J'en reste bouche bée. Il se reprend aussitôt.

– Mais non, je rigole !… Fais pas cette tête ! Bien sûr que ça m'intéresse, j'allais te le demander.

Je lui montre que je suis un peu vexé quand même. Je me mets à regarder le ciel d'un air détaché en attendant qu'il me prie de continuer.

– Alors ?… Qu'est-ce que ça veut dire ? il me demande.

– Qu'est-ce que ça veut dire ? je reprends, pour le faire languir un peu.

– Oui, dis-moi…

– Ça veut dire : « Enregistreur de vol. Ne pas ouvrir. »

– « Enregistreur de vol. Ne pas ouvrir », il répète doucement en balançant la tête avec un air presque méditatif.

– Jamais j'aurais deviné, il ajoute, en feignant maintenant par politesse d'y accorder un très grand intérêt.

Il me parle comme on parle à un enfant qu'on veut flatter et ça m'agace. Du coup, je me dis que je vais laisser tomber, que je vais pas lui montrer ce que je voulais lui montrer. Et tant pis pour lui.

Je vais faire un tour, un peu à l'écart, sur le parking. Je balance un grand coup de pied dans un caillou que j'envoie malencontreusement heurter l'aile d'une voiture. Je fais comme si je l'avais fait exprès. Et puis je reviens vers Bortch et je lui dis :

– Et tu me demandes pas pourquoi je te parle de ça, non ?

– Ben justement, c'est ce que j'étais en train de me demander, figure-toi.

– Ah ouais…, je lui fais.

– Si je te le dis.

– Viens avec moi, alors.

– Quoi faire ?

– Viens avec moi, tu verras.

– On n'a plus vraiment le temps, il me répond.

– Y en a pour deux minutes, t'en fais pas. Je vais te montrer un truc, c'est tout.

Il tire encore sur sa cigarette deux ou trois fois d'affilée avant de l'écraser sous son pied et de m'emboîter le pas.

– Quoi comme truc ? il me demande.

– Tu verras bien, je lui réponds.

On traverse tout l'abattoir. Je l'emmène jusqu'aux vestiaires.

Là-bas, j'entrouvre la porte discrètement et je passe ma tête à l'intérieur pour voir s'il y a quelqu'un. On est seuls. Alors on se dirige tout droit vers mon armoire sur laquelle j'ai rajouté un cadenas supplémentaire, ce matin, par prudence. J'ouvre le premier avec ma clé, puis le second qui est à combinaison. J'ouvre l'armoire et j'en sors un vieux sac de sport.

– Qu'est-ce que c'est ? me demande Bortch, que je sens réellement intrigué, maintenant.

– Minute…, je lui fais.

J'ouvre encore le petit cadenas qui retient la fermeture éclair du sac que je fais glisser en regardant une dernière fois autour de moi. Puis j'en écarte largement les bords et je me pousse un peu pour que Bortch puisse voir à l'intérieur. Il se penche au-dessus du sac.

– C'est quoi, ce truc ? il me demande.

– À ton avis ? je lui fais.

– Putain ! Merde !… il s'exclame en comprenant. C'est une boîte noire ? C'est ça ?

Je lui demande de baisser la voix pour éviter qu'on nous entende. Il regarde l'objet avec de grands yeux écarquillés. Je lui fais promettre de n'en parler à personne, surtout.

– C'est vrai, tiens, qu'elle est orange, en plus, il me fait.

– Je te l'ai dit, non ?

– Où c'est que t'as trouvé ça ? il me demande.

– Dans les bois, je lui réponds. Hier, en allant ramasser des enjoliveurs. Elle était tombée au milieu du tas de détritus que je fouillais. On la voyait pas du tout.

– C'est dingue ! fait Bortch.

Puis, avec ma permission, il la sort du sac,

délicatement, la soupèse et l'inspecte sur toutes les coutures.

– Ça veut dire quoi déjà, ça, encore ?

– « Enregistreur de vol. Ne pas ouvrir », je lui dis.

– Ah oui, c'est vrai. Et pourquoi ça, il faut pas l'ouvrir ?

– Parce que si tu l'ouvres, je lui réponds, tous les malheurs qui sont à l'intérieur te sautent à la figure !

– Te fous pas de moi ! il me dit.

Je souris.

– De toute façon, je lui fais, moi j'ai essayé, et je peux te dire que c'est pas facile. J'y ai passé des heures, sans y arriver. Tu peux forcer tant que tu veux, y mettre des coups de masse, ça sert à rien. Y doit y avoir un truc… Il faut y aller en finesse, sans doute.

– Et pourquoi tu voulais l'ouvrir ? il me demande.

– Pour voir comment c'est fait à l'intérieur, tiens !

– Et qu'est-ce que tu vas en faire, maintenant ?

– J'en sais rien… Mais c'est moi qui l'ai trouvée, je la garde.

Puis Bortch s'affole subitement en regardant l'horloge.

– Dis, t'as vu l'heure ? !

Alors je me dépêche de refermer le sac avec le petit cadenas. Je le range dans mon armoire. Je la referme. Et je ferme les deux cadenas de la porte. Celui à clé, et l'autre à combinaison. Et on y retourne sans traîner.

En retraversant l'abattoir, je pense à lui demander :

– Tiens, au fait, tu fais quoi à Noël, toi ?

– À Noël ?... il répète, un peu surpris. C'est pas déjà passé, non, Noël ?

– Ben non, je lui fais, c'est dans trois semaines.

– Je dois confondre avec le Noël de l'année dernière...

– Sûrement, oui. Tu fais quoi, alors ? je lui redemande.

– Ben, je sais pas trop, il me répond. Je vais sans doute m'acheter des crevettes et me chanter *Douce nuit.*

– T'as qu'à venir à la maison, ce sera plus gai.

– Ça c'est drôlement gentil. Je dis pas non.

Elle a vraiment pas été facile à convaincre, la grand-mère. J'ai même eu le plus grand mal à lui faire accepter l'idée qu'on aurait un invité à Noël. C'est pas dans ses habitudes de recevoir du monde, et rien que l'idée qu'on soit plus de deux à table, ça l'a mise dans tous ses états.

Je lui ai pourtant dit qu'il fallait pas qu'elle s'en fasse, que je m'occuperais de tout et que ça lui ferait pas de travail. Je lui ai dit qu'il était gentil, Bortch, et pas compliqué, et que ce serait vraiment pas drôle pour lui de passer le réveillon tout seul. Il a quand même fallu, malgré tout, que je négocie jusqu'au dernier moment pour qu'elle accepte qu'on le reçoive.

À son âge, elle aime bien que les jours se ressemblent, sinon c'est la fin du monde. On peut rien y faire, c'est comme ça.

Pour lui faire plaisir, je mets le bel uniforme tombé du ciel qu'elle aimerait tellement me voir porter. Je suis juste en train de boutonner ma veste quand Bortch sonne à la porte.

Je descends les marches quatre à quatre. Et voilà qu'elle m'intercepte au pied de l'escalier et me refait une crise. Elle m'empêche d'aller ouvrir. Elle me retient par le bras, me suggère d'éteindre la lumière et de faire comme si on était pas là. Je lui dis qu'il n'en est pas question. Elle me menace alors d'aller se coucher si je le fais entrer. Je lui dis de se taire. Un deuxième coup de sonnette un peu plus insistant. Je suis obligé de hausser le ton. Je lui dis qu'elle doit cesser de s'agripper à moi, comme ça, et qu'elle est ridicule. Je lui dis qu'elle va tomber, que c'est tout ce qu'elle va gagner. Un troisième coup de sonnette. Il me faut encore quelques minutes pour la ramener à la raison et elle me lâche enfin.

Quand j'ouvre la porte, Bortch s'éloigne déjà.

– Bortch ! je lui lance. Où tu vas, comme ça ?

Il se retourne.

– C'était bien ce soir ? il me demande d'un air gêné.

– Mais bien sûr ! je lui fais. Viens !

– Si ça pose un problème, il me dit, en revenant sur ses pas, c'est pas grave, on peut remettre ça à l'année prochaine, je comprendrais, t'en fais pas.

– Mais quel problème ? Y a aucun problème, t'inquiète pas. Viens ! Entre !

– Tant mieux, alors, il me dit, en passant la porte, j'avais peur que t'aies changé d'avis.

Et il m'embrasse chaleureusement, comme si on avait l'habitude de ce genre de familiarités entre nous.

– Joyeux Noël !

– Joyeux Noël à toi aussi, mon vieux, je lui réponds.

Puis il remarque ma tenue dans laquelle je dois reconnaître que j'ai fière allure.

– Tu m'as pas dit qu'il fallait que je me déguise, il s'inquiète subitement.

– Mais non, t'en fais pas, c'est à cause de la grand-mère. Je t'expliquerai.

– Tu me rassures, il me dit. En tout cas, il te va comme un gant. On dirait qu'il est fait sur mesure.

Je le remercie du compliment.

Puis il tire une bouteille de son sac et me la tend d'un geste énergique.

– Du champagne ! je m'exclame.

– Oh, c'est rien.

– Viens donc voir, mémère ! je lance à travers la maison, Bortch a ramené du champagne !

Je suis obligé de l'appeler plusieurs fois encore avant qu'elle veuille bien pointer le bout de son nez et que je puisse enfin faire les présentations.

– Du champagne ! Tu te rends compte ? j'insiste lourdement pour la faire réagir un peu et pourquoi pas lui arracher un remerciement.

Elle marmonne que ça lui donne des brûlures d'estomac. J'enchaîne :

– En plus on en boit vraiment pas souvent, je dis à Bortch. C'est pas qu'on aurait pas les moyens, c'est plutôt les occasions de se réjouir qui manquent.

– C'est vraiment rien, il me fait, de plus en plus gêné par mon insistance.

– C'est du quoi ? je lui demande alors, en tenant la bouteille à bout de bras pour mieux pouvoir lire l'étiquette, avec l'air de m'y connaître un petit peu quand même.

– En fait, c'est plutôt du mousseux, il me répond, mais c'est bon aussi quand c'est bien frais.

J'acquiesce d'un air entendu, en essayant de ne rien laisser paraître de ma déception.

– Ça doit bien faire au moins dix ans, il reprend, que je la laisse vieillir pour une grande occasion.

– Ben dis donc…

– En plus, il faut que je vous raconte, il ajoute. Elle a une histoire, cette bouteille. En fait, je l'ai gagnée à la foire, au tir à la carabine.

– C'est pas vrai…, je lui fais, en essayant de l'entraîner au salon, mais sans y parvenir.

Et il entame son récit alors qu'on est toujours plantés là dans l'entrée.

– Donc, je vais pour tirer les ballons – vous savez, les petits ballons qui volent dans les cages ?

Je me tourne vers la grand-mère pour la faire participer un peu :

– Tu sais ? Les petits ballons…

Elle grimace. Visiblement, elle voit pas.

– Mais si…, j'insiste. Tu sais bien… au tir à la carabine… à la foire.

Elle voit toujours pas. Ou alors elle s'entête. C'est pas grave. Bortch poursuit :

– J'avais cinq plombs et cinq ballons à crever. Je tire mes trois premiers ballons sans problème, je recharge la carabine, je mets en joue, confiant, et j'attends tranquillement d'avoir mon quatrième ballon dans le viseur. J'appuie sur la détente, j'entends le plomb tinter sur le métal, et là, je sais pas ce qui s'est passé, mais je manque mon coup. Y a toujours deux ballons dans la cage. Le problème, c'est qu'il me reste plus qu'un plomb, tu vois ?... Un plomb et deux ballons à crever. Autant dire que c'est perdu. J'y crois plus.

J'ouvre de grands yeux.

– Et alors ?

– Et alors là, je tente le tout pour le tout. Je mets mon dernier plomb dans la carabine. Je vois le type du stand qui ricane, mais je m'occupe pas de lui. Je me concentre, et j'attends que mes deux ballons aillent se bousculer dans un coin de la cage. J'attends bien qu'ils se collent l'un à l'autre et c'est à ce moment-là, seulement, que je presse la détente. Et je les crève tous les deux avec un seul plomb.

– Les deux d'un coup ? ! je m'étonne.

– Tous les deux, il me confirme. Avec un seul plomb.

– C'est pas croyable...

– Je t'assure que c'est vrai, pourtant.

– J'en doute pas.

– Alors quand le type m'a dit que je pouvais choisir un lot, j'ai pas hésité, j'ai pris la bouteille de mousseux. Et voilà toute l'histoire. Mais, à l'époque, je savais pas qu'on la boirait ce soir.

– Tu te rends compte, mémère, je lui fais. Avec un seul plomb !

– Moi ça me donne des aigreurs, elle répète.

– Celui-ci vous en fera pas, madame, lui assure Bortch, je vous le garantis.

Je profite d'un instant de silence pour nous faire enfin passer au salon.

En entrant dans la pièce, Bortch admire le sapin, tellement illuminé et clignotant qu'il en est éblouissant, ce qui fait qu'on remarque pas une seconde qu'il a plus une seule aiguille et que c'est le même qu'on ressort chaque année depuis des lustres.

Puis il prend un fauteuil.

– Ça m'étonnerait pas qu'on ait de la neige, ce soir, il nous dit en s'asseyant. Ça c'est drôlement rafraîchi.

– Tu crois ? je lui fais.

– À coup sûr, il me répond.

J'ouvre sa bouteille qui fait tout ce qu'elle peut pour mousser encore. Moi qui avais peur qu'on manque de sujets de conversation, me voilà rassuré. Bortch se venge de tous ses Noëls solitaires. Jamais je ne l'ai entendu parler autant.

On passe une bonne heure au salon, puis vient le moment émouvant de s'approcher du sapin pour s'échanger nos cadeaux. Une boîte de chocolats pour la grand-mère, de la part de Bortch, et un après-rasage pour moi. Encore des chocolats pour la grand-mère, de ma part, et un après-rasage pour moi, de la part de la grand-mère et, enfin, une cravate pour Bortch de notre part. Une belle cravate rouge qui était dans l'une des valises et qui nous a pas coûté bien cher.

– C'est de la soie, je lui fais remarquer. Regarde un peu la qualité.

Je vois ses yeux briller. Il a l'air touché.

On se remercie encore, et je propose qu'on passe à table.

J'ai fait les choses bien. J'ai mis une nappe blanche et propre, la même vaisselle pour tout le monde, j'ai roulé les serviettes que j'ai fourrées dans les verres, j'ai posé des petits cartons avec nos noms derrière les assiettes.

Et puis en apportant le plat, j'annonce fièrement :

– Je nous ai fait du poisson !

– T'as bien fait ! me répond Bortch en se frottant les mains.

Je débouche une bouteille de vin, je remplis nos verres et on entame le dîner.

Pleins de nostalgie, on se remémore alors les Noëls de notre enfance.

– Des coups de pied au cul ! que je recevais, moi, nous raconte Bortch, et fallait encore que je dise merci !

– Te plains pas ! je lui dis. Chez nous, chaque année, on me disait que le Père Noël ferait pas sa tournée parce qu'il était gravement malade et qu'il passerait peut-être même pas l'hiver. Jusqu'au jour où, pour avoir définitivement la paix, ils m'ont annoncé qu'il était mort et que personne reprendrait l'affaire. Et c'était réglé.

Je vois la grand-mère dans ses petits souliers.

– C'est pas vrai, mémère, peut-être, ce que je raconte ?

– M'en souviens pas, elle répond.

Je préfère pas insister. C'est pas le moment de régler des comptes.

C'est alors que Bortch remarque la boîte noire posée sur le guéridon, sur laquelle j'ai monté une douille et un abat-jour pour en faire une lampe.

– Ça fait drôlement bien, dis donc ! il s'exclame.

– C'est vrai ? Tu trouves ?

– Je t'avoue que j'ai eu des doutes, je me suis demandé ce que t'allais bien pouvoir en faire, mais, là, chapeau !

– Tu sais, ça a l'air de rien comme ça, mais tu peux pas savoir le travail que ça m'a fait.

– Ça j'imagine, il me répond. Tu peux être fier de toi.

– Une belle cochonnerie, oui, commente la grand-mère.

– T'y connais rien, mémère, je lui rétorque.

Bortch peut pas s'empêcher de rire.

Et puis on se met à parler du boulot, de nos petits tracas de tous les jours, de nos heures supplémentaires qu'on récupérera jamais et qui mises bout à bout feront bientôt des années.

Bortch me dit que c'est bizarre, mais qu'il se souvient pas avoir pris des vacances, non plus, depuis bien longtemps. « Je m'en rappellerais, tout de même, si c'était le cas. Ou alors elles étaient tellement courtes que je les ai pas vues passer. Je les ai peut-être même confondues avec la pause, si ça se trouve. »

Je lui réponds que c'est curieux, mais que j'ai la même impression, moi aussi. Alors il se demande si on s'est pas fait couillonner encore.

– C'est bien possible, je lui dis. C'est malheureux, mais tu peux pas leur faire confiance.

– Faudra qu'on voit ça de près.

– Parlons plutôt d'autre chose, va, je lui fais.

– T'as raison, on va pas se gâcher la soirée.

Et je remplis nos verres. La grand-mère s'endort déjà.

Régulièrement, je me lève, je vais jusqu'à la fenêtre pour voir s'il tombe quelque chose. Je regarde en direction du réverbère, mais je vois pas le moindre flocon dans la lumière.

– Je crois que c'est pas encore ce soir qu'on fera de la luge, je dis à Bortch.

– Sois patient, tu verras. Quand je le sens dans les articulations, ça trompe pas.

On en revient toujours à nos bœufs, nos porcs et nos moutons.

– Au fait, quand est-ce que tu t'en vas, finalement ? il me demande.

Je pose mon index sur mes lèvres pour lui faire signe de se taire.

Mais il en faut pas plus pour tirer la grand-mère de son sommeil.

– Quoi ? Où c'est que tu vas ? elle me demande en redressant la tête.

– Mais nulle part, mémère, t'inquiète pas. Rendors-toi.

Et elle se rendort.

Et puis on évoque la mémoire de Pignolo.

– C'est drôle, je dis, mais je pense souvent à lui.

– Moi aussi, me répond Bortch. On pouvait pas le sentir et pourtant il nous manque, cette enflure.

– C'est vrai que ça fait un vide, maintenant, sans lui.

Je remplis nos verres.

– Et la faute à qui ? je reprends. À « Cause toujours » !

– Cette pourriture !

La grand-mère sursaute.

– Où c'est que tu vas ? elle me redemande.

– Mais nulle part, bon sang ! je lui dis. Où c'est que tu veux que j'aille ? !

Elle lutte un peu, mais ses yeux se referment et sa nuque faiblit à nouveau.

– Et tu te souviens, me demande Bortch, la fois où on s'est tous mis à courir derrière le cochon sur le parking ?

– Tu parles si je m'en souviens…

– On rigole bien quand même, des fois, il me dit.

– Je trouve pas, moi, je lui réponds.

Ça jette un froid. Alors je nous ressers à boire.

Je remplis nos verres de plus en plus souvent. Je les remplis dès que le niveau baisse un tout petit peu. Je les remplis à ras bord, je les remplis jusqu'à ce qu'ils débordent. On passe au dessert.

Je me sens tout bizarre d'un coup. J'écoute Bortch qui me parle, mais je perds peu à peu le fil de ce qu'il me dit. Je l'entends très clairement, mais c'est comme si ses phrases étaient entièrement dénuées de sens, des mots comme des coquilles vides, même plus des mots, juste des sons.

J'essaie de m'agripper à sa voix de toutes mes forces, mais je me sens glisser sans pouvoir me raccrocher à rien. Je glisse et je pense à Coppi, seul dans son épave, je pense à Marcassin qui est tellement fatigué, et je vois des bœufs qui attendent, et la veuve qui pleure dans son verre de liqueur. Et les petits ballons de la fête se bousculent dans ma tête.

Et Bortch remarque qu'il se passe quelque chose. Je le vois qui se lève et se penche sur moi. Je voudrais lui dire que j'aurais besoin de prendre l'air. Juste prendre l'air. Mais j'ai beau articuler, plus un son ne sort de ma bouche.

Je me retrouve assis sur le perron. Je sais pas comment j'ai fait pour arriver jusque-là. J'en n'ai pas le moindre souvenir. Bortch se tient face à moi, debout au pied des marches.

– Ça va mieux ? il me demande d'une voix profondément inquiète.

– Ça va, oui, je lui réponds. Ça va, maintenant.

– T'es encore tout blanc…

– Mais ça va mieux, je lui dis.

– Tu m'as fait sacrément peur, dis donc.

– Y a pas de raison.

– T'aurais vu tes yeux…

– C'était rien qu'un étourdissement.

On reste là, à prendre l'air, le temps que je me remette complètement.

– Tiens, regarde, me fait Bortch, en me montrant le ciel d'un signe de la tête. On va l'avoir, finalement, ce Noël blanc. Je te l'avais dit.

– T'as peut-être raison, je lui réponds.

– C'est un ciel de neige, ça, y a pas de doute.

– Il fait pas froid pourtant, je m'étonne. Il fait même plutôt lourd, non ?

Ma chemise me colle à la peau, tellement je transpire.

C'est alors qu'un grondement lointain attire notre attention. On tend l'oreille quelques secondes. Je fais une moue intriguée. Bortch me répond par un haussement d'épaules.

– Nom de Dieu, je l'ai vraiment pas vue passer, cette année, je lui dis.

– Moi c'est pareil, il me répond.

– L'année d'avant, non plus, je l'avais pas vue passer.

– Moi non plus.

– Comme toutes les précédentes, d'ailleurs. J'ai rien vu passer du tout, finalement, à part les bêtes qu'on saigne.

Bortch s'est laissé absorber par ses pensées, il ne m'écoute plus.

– Remarque, je reprends, c'est peut-être mieux comme ça. On n'a pas manqué grand-chose de toute façon. Ça mérite pas un ralenti.

Bortch garde les yeux dans le vague un instant encore et revient à lui brusquement. Il me demande si je me sens tout à fait bien, maintenant. Je lui réponds que ça va. Il me dit qu'il va me laisser parce que j'ai sans doute besoin de me reposer et qu'il voudrait encore essayer d'avoir le dernier bus.

– Je vais te raccompagner jusqu'à l'arrêt, je lui fais.

– T'embête pas.

– Mais si, j'insiste, ça va me faire du bien de marcher un peu.

– T'es sûr ?

– Puisque je te le dis.

Bortch récupère sa veste sur le portemanteau de l'entrée et se la jette par-dessus l'épaule. Je prends la clé de la maison sur moi et, alors que je m'apprête à refermer la porte, j'entends la grand-mère qu'on a dû réveiller :

– Où c'est que tu vas ?

– Je raccompagne Bortch, je lui réponds, agacé.

– Où ça ?

– Jusqu'au bout de la rue.

Et je referme la porte.

Un nouveau grondement se fait entendre, plus long que le précédent. Je regarde Bortch en fronçant les sourcils.

– C'est pas un avion, non ? il me fait.

– Peut-être, je lui réponds, dubitatif.

En chemin, il me remercie longuement pour la soirée. De temps à autre, des lueurs brèves éclairent le ciel autour de nous. Et toujours ces mêmes grondements qui nous accompagnent. Mais on n'y fait plus attention, ou plutôt on s'efforce de ne plus y faire attention.

Et soudain je m'arrête net.

– Je crois que j'ai senti une goutte, je dis à Bortch.

– T'es sûr que c'est pas plutôt un flocon ? il me demande en affichant un air sceptique.

– Non non, c'est bien une goutte, je lui confirme.

– C'est pas de la neige mouillée, des fois ?...

– Tiens, je viens d'en sentir une autre.

Alors on reste là, tous les deux, le nez en l'air, à attendre ce qui va nous tomber dessus au juste.

On est rapidement fixés lorsqu'une pluie chaude et grasse s'abat sur nous. Une pluie qui emporte avec elle toutes les poussières en suspension dans l'air. Et c'est comme de l'huile de vidange qui nous tombe dessus à grosses gouttes.

On se précipite jusqu'à l'arrêt de bus qui est plus très loin, heureusement.

– Je le savais, tu sais, qu'il neigerait pas, m'avoue Bortch, une fois à l'abri. Je disais ça comme ça, pour mettre un peu d'ambiance, juste pour faire Noël. Tu m'en veux pas, au moins ?

– Bien sûr que non, je lui réponds. J'y ai pas cru une seconde.

Et puis on se partage sa dernière cigarette pendant qu'autour de nous, maintenant, les éclairs pleuvent aussi. On sursaute à chaque coup de tonnerre.

– Ça fait du bien, de temps en temps, me dit Bortch. Ça lave le ciel.

– Il en a bien besoin, je lui réponds, en regardant les traînées noires laissées par la pluie sur son visage et sur les parois de verre de l'abri.

Plusieurs fois, il me dit que je devrais y aller, que c'est pas la peine que j'attende ici avec lui, que je ferais mieux d'aller me coucher. Je lui réponds que je vais rester encore un peu.

Par moments, la pluie redouble et ça fait tellement de bruit sur le toit de l'abri qu'on s'entend plus parler.

Bortch perd bientôt tout espoir de voir encore arriver un bus.

– Je vais y aller, il finit par me dire. Je vais pas attendre ici toute la nuit.

– Fais quand même gaffe aux chiens.

– T'en fais pas.

– Alors à demain, je lui dis, en posant ma main sur son épaule.

– Après-demain, il me reprend.

– Ah oui, c'est vrai. À après-demain, alors.

Puis il met sa veste sur sa tête et s'en va en courant.

Je le regarde s'éloigner. Au coin de la rue, il glisse en prenant son virage et s'étale sur le trottoir. Il se relève, s'essuie rapidement les mains sur ses cuisses et, de loin, me fait signe que tout va bien. Je lui adresse un geste compatissant en retour.

Je ne le quitte pas des yeux jusqu'à ce qu'il disparaisse. Je reste à l'abri en attendant que l'orage s'éloigne.

Je tends ma main sous la pluie.

C'est comme si tout l'abattoir n'était éclairé que par une seule ampoule.

Où je me tiens, exactement, c'est difficile à dire, c'est assez flou et changeant. Un peu derrière Bortch, puisque je suis dans son dos, et par moments à sa place, puisque c'est lui qui se retrouve derrière moi. Toujours est-il qu'on est à l'abattage, et les bœufs se succèdent et s'affaissent devant nous sans qu'on ait même à lever le petit doigt. Et puis soudain, parmi les bêtes qui défilent, il y en a une qui est pas tout à fait comme les autres. Elle est même assez différente. Bortch se retourne vers moi et m'interroge du regard. Je m'approche un peu pour voir. « C'est pas un bœuf, je lui fais, c'est sûr. – Alors c'est quoi ? – J'en sais trop rien, je lui réponds. En plus on n'y voit rien, c'est pénible. – Et alors qu'est-ce qu'on fait ? il me demande. J'y vais quand même, ou quoi ? – C'est délicat, je lui dis, faudrait pas faire d'erreur. » Je me retourne, mais y a personne à qui demander conseil autour de nous. Y a plus personne du tout. On est complètement seuls au milieu du bâtiment désert.

« Si au moins on y voyait un peu plus clair », je peste. Et je m'approche encore d'avantage de l'animal. Je l'observe sous toutes les coutures jusqu'à ce que l'évidence me saute à la figure. « Bortch ! je lui dis, alors, gravement, je crois bien que c'est un homme ! » Mais Bortch est pas convaincu du tout. « Mais si ! Regarde bien », j'insiste. Et finalement, il admet que j'ai peut-être raison. « Et qu'est-ce qu'on en fait, alors ? il me redemande. J'y vais quand même ou quoi ? – Attends ! je lui fais encore. Ce regard… je l'ai déjà vu quelque part. – Moi aussi, tiens, ça me dit quelque chose. » Et c'est là, seulement, que je me reconnais.

Et à peine tiré des mauvais rêves, il faut déjà songer à y retourner.

Le matin ne ressemble pas à l'idée qu'on se fait du matin. Si on n'a pas l'habitude, on ne le remarque même pas. La différence avec la nuit est subtile, il faut avoir l'œil. C'est juste un ton plus clair. Même les vieux coqs font plus la distinction.

Certains jours, l'éclairage public ne s'éteint pas. Le soleil s'est levé, pourtant, forcément, il est là, quelque part au-dessus de l'horizon, derrière les brumes, les fumées, les nuages lourds et les poussières en suspension.

Il faut imaginer un sale temps par une nuit polaire. C'est à ça qu'elles ressemblent nos belles journées.

DU MÊME AUTEUR

« *Edmond Ganglion & fils* », roman,
Éd. du Rocher, 1999.
Les Ensoleillés, roman, Éd. du Rocher, 2000.
Ce que je fais là assis par terre, roman,
Éd. du Rocher, 2003.

CET OUVRAGE
A ÉTÉ TRANSCODÉ
ET ACHEVÉ D'IMPRIMER
PAR L'IMPRIMERIE FLOCH
À MAYENNE EN JUIN 2005

N° d'impression : 63314
Dépôt légal : juin 2005
Imprimé en France